항마신장

降魔神將

자우 신무협 장편소설
ORIENTAL FANTASYSTORY & ADVENTURE

12

dream
books
드림북스

항마신장 (降魔神將) 12

초판 1쇄 인쇄 2019년 3월 15일
초판 1쇄 발행 2019년 3월 29일

지은이 자우
발행인 오영배
편집 편집부
일러스트 gongan42
본문편집 오정인
제작 조하늬

펴낸 곳 (주)삼양출판사 · 드림북스
주소 서울시 강북구 도봉로 173
대표 전화 02-980-2112 **팩스** 02-983-0660
편집부 전화 02-987-9393 **팩스** 02-980-2115
블로그 blog.naver.com/dreambookss
출판등록 1999년 3월 11일 제9-00046호

ISBN 979-11-283-9325-9 (04810) / 978-89-542-4413-8 (세트)

드림북스는 (주)삼양출판사의 판타지 · 무협 문학 브랜드입니다.

伏魔神將

항마신장

목차

제1장 성도대란(成都大亂)　　　　　　　　007

제2장 불가지원(不可知原)　　　　　　　　081

제3장 천산마맥(天山魔脈)　　　　　　　　171

제4장 중원도 움직인다　　　　　　　　　221

제5장 숭산을 에워싼 검은 구름　　　　　　273

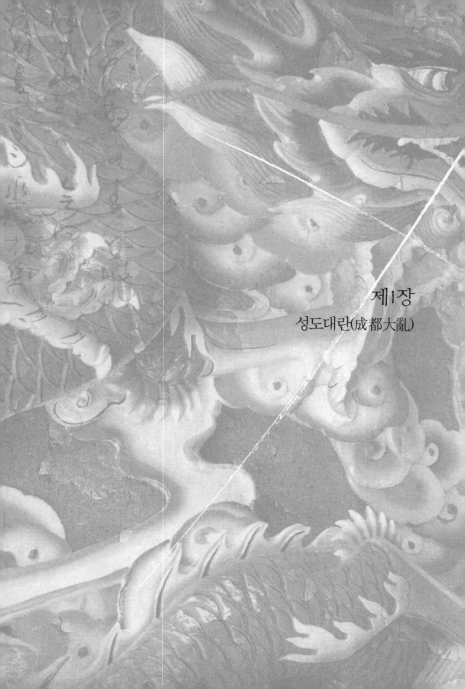

제1장
성도대란(成都大亂)

성도.

사천의 중심. 과거 촉한(蜀漢)의 수도이기도 하였으며, 그보다 이전에는 한고조(漢高祖)가 웅크리고 있으면서 천하패업(天下霸業)의 기틀을 마련하기도 하였다.

실로 천년의 고도라 하겠다. 그러나 지금은 고도의 풍광은 다 잃고, 어디 할 것 없이 황폐한 모습이다. 전란의 시기가 다시 도래하였던가.

성문을 꼭 닫아걸었고, 붉은 깃발이 줄지어 성도를 에워싸고 있었다.

높이 펄럭이는 붉은 깃발이 즐비하게 늘어서서, 끝이 보이지 않을 정도였다. 아래에는 수천에 이르는 자들이 군세를 이루고 있었다.

평범한 군세가 아닌 그들은 홍천을 뜻하는 불길한 붉은 깃발을 세우고서, 뭐라고 하는 말인지 알 수 없는 읊조림을 반복했다.

수천을 헤아리는 자들이 같이하는 읊조림이다. 그 소리는 불길하게 울리면서 높은 성벽을 넘어 성도 곳곳으로 퍼져갔다.

성벽 안쪽, 성도의 백성은 그 소리가 두려웠다.

당장에라도 성벽이 무너지고, 밖에 있는 마구니들이 들이닥칠 것만 같았다. 성도를 저주하는 것인지, 아니면 저들끼리 축원하는 것인지. 수천의 마구니가 일심으로 읊어대는 기이한 소리는 밤낮이 없었다.

급기야는 성벽에서 몸을 던지는 자가 나올 정도였다. 홍천의 마군은 성도를 에워싸고서, 백성을 서서히 말려 죽이고 있었다.

실로 처절한 일이다.

저들에게는 투항도 소용이 없었다. 저들은 그저 죽음만을 바라는 모양이다. 실로 사람 아닌 마귀들.

투항한 자들도 고문하고 목 베어서, 성문 앞에 보란 듯이 펼쳐놓기 일쑤였다. 이것도, 저것도 아닌 판이라, 더욱 문을 닫아걸고서 조마조마한 마음으로 있을 수밖에.

홍천 마군의 저주 속에서 성도는 더욱 빠르게 피폐해져 갔다.

성도의 장정 중에는 그래도 결기가 남은 이가 여럿 있었다. 그들이 있어서 성도가 어찌 버티는 것이라 할 수 있었다. 민관의 구분이 없었다.

군관이든, 뒷골목 왈짜이든.

모두가 몰려나와서 성벽 주변을 단단히 지켰다.

번을 서는 그들은 얼굴은 창백하고, 눈빛은 탁했으며, 손발이 한껏 야위었지만, 하지 않을 수가 없었다.

성이 무너지면 모두 죽는다. 그렇다고 따로 도망할 곳도 없었고, 투항하는 것도 불가한 일이다.

처음 항복 운운하면서 뛰쳐나간 자들은 그 자리에서 사지가 찢겨 죽어 나갔다.

그 기억이 한참 선명했다. 불안하고 두렵지만, 나와서 자리를 지키는 것이 그래도 버티어내는 한 이유라고 할 수 있었다. 그들 중에는 무인도 분명 여럿 있었다.

미처 사천련을 따르지 못하고, 성도에 남아 있던 그들이다. 청성, 아미의 속가이기도 하고, 중소무파, 무관 출신인 자들이 있기도 하다.

그래 출신 내력이야 무슨 상관일까.

성벽 너머에는 자신들을 산 채로 물어뜯겠다고 하는 마구니들로 가득한 마당이다.

긴장한 채, 자리를 지키는 사내들 사이에 당가의 문인 한 사람이 있었다. 당문현, 그는 비록 당가 녹의를 걸치고 있지 않았지만, 성도에 터전을 두고 있는 당가 북조류 제자 중 하나였다.

북조류의 특성이 있어서, 그는 세상 밖으로는 좀체 나오는 일이 없었다. 북조류 제자는 무인이라기보다는 장인에 더 가깝기 때문이었다.

그래도 성도가 이러한 위기에 처해 있는 데 어찌 나서지 않을 수가 있겠나. 당문현은 초조함에 연신 입술을 우물거렸다.

목이 탔다.

시원한 냉수 한 사발이 간절했지만, 물도, 음식도 부족한 상황에서는 큰 욕심이라 하겠다. 사방이 한참 후덥지근하였다.

슬슬 계절이 바뀔 무렵이라고 하지만, 이렇게 습하고 더운 바람이라니. 자연스러운 일이 아니다. 이것도 밖에 몰려와 있는 광신도, 마구니 무리 탓일 게 뻔했다.

당문현은 후후, 겨우 숨을 몰아쉬었다.

사방이 포위되어서, 고립된 지가 벌써 며칠인가. 체감하는 것으로는 족히 반년은 지난 것만 같았다. 이런 상황에서는 아무리 당가 문인이고, 북조류의 뛰어난 장인이라고 해도, 뾰족한 수가 없었다.

　당문현은 입가를 훔쳐내면서 마른 입술을 깨물었다.

　그는 성도 토박이로, 여기서 나고 자랐다. 설마 이곳에서 전란에서 버금가는 상황을 마주하게 될 줄은 꿈에도 몰랐다. 강호 경험이 한참 부족하기도 하였지만, 설사 경험이 많다고 한들, 지금과 같은 상황에서는 별무소용이겠다.

　이래저래 막막함에, 당문현은 마음을 다잡지 못했다. 어찌하면 좋을지.

　바깥과는 채 소식이 닿지 않는 상황이라서 더욱 막막하기 이를 데 없었다. 당가타 본가는 물론이고, 사천련이 손 놓고 있을 리가 없기는 할 터인데.

　성도에 갇혀서 알 수가 없는 일이니.

　'이, 이럴 때에 누님만 계셨더라도…….'

　당문현은 불현듯 없는 한 사람을 떠올렸다. 막상 북조류의 장문인과 그 정예들은 따로 있건만. 지금 당문현이 그리는 것은 녹면옥수라는 이름으로 무명을 떨친 당민이었다.

　당민이 있으면 하늘이 무너지는 와중에도 솟아날 구멍을 찾아낼 것이 분명하기 때문이었다.

마지막으로 들은 소식은 사천 북방으로 들어가서 사교 무리의 행적을 찾는다는 것 정도였다. 지금에 어찌 되었을지.

걱정은 삼 푼이고, 지금 두려운 마음이 칠 푼에 이른다.

"에효, 에효."

한숨을 연이어 쥐어짜다가. 불현듯 입을 굳게 다물고서 목을 빳빳하게 세웠다. 그 혼자만이 아니었다. 같이 오를 이루고서 주변을 경계하고 있던 다른 사람들도 마찬가지였다.

으힉!

놀라고 당황한 신음이 반사적으로 튀어나왔다. 높은 성벽이 위태하게만 보이는데. 북소리가 울렸다.

두웅!

두우웅!

전고였다. 성벽을 훌쩍 넘어서 사방에서 울려 퍼졌다.

무슨 뜻인지는 아래에서 알 수가 없었다. 무언가의 변동이 있는 것은 분명한 일이라서, 성벽 아래로 모여선 성도의 사람들은 긴장을 감추지 못했다.

창백한 얼굴, 식은땀이 비 오듯이 쏟아졌다.

이것은 무림중(武林衆)에서 벌어지는 일과는 전혀 다르다.

무공이 있고 없고를 떠나서, 진득한 긴장과 공포가 전염병처럼 퍼져갔다.

모든 이의 낯빛이 새파랗게 질려 있었다.

두렵다. 어떤 일이 벌어질지, 전혀 알 도리가 없었다. 그런 와중에도 북소리는 차근차근 다가왔다. 뛰는 심장에 오금이 떨리고, 혀가 굳었다.

숨이 벅차기 시작한 것은 아주 당연한 일이다.

"온다! 오고 있다! 와!"

무엇이 온다는 것이 모르겠지만, 성벽에서 큰 소리가 연이어 터져 나왔다.

두려움이 빠르게 퍼져갔다. 역병보다 전파력이 더욱 강한 것이 전장의 두려움이라 하지 않던가.

무엇이 되었든지 간에, 지금 피할 수 없는 일이라는 것은 주지의 사실이었다. 당문현 또한 두려움에 휩쓸려서 몸을 떨었다.

어느 순간, 떠들던 소리가 빠르게 멀어졌다. 가까이에서 모든 이들이 입을 크게 벌리고 있었지만, 그에 따른 소리는 닿지 않았다.

당문현은 순간적으로 귀가 먹기라도 하였는가 싶어서 고개를 치켜들었다. 그러나 자신의 몰아쉬는 숨소리는 연신 귓가에 닿아 있었다.

두려움으로 몸이 떨린 것이 거짓말처럼 딱 멈췄다.

당문현은 머릿속을 마구 헝클어놓았던 뜨거운 열기가 쑥 내려가는 것을 똑똑히 느낄 수 있었다. 뭔가 안도하는 소리를 내거나, 숨을 돌리기보다는 지금 순간의 느낌을 놓치는 것이 더욱 두려워서, 덥석 이를 악물었다.

할 수 있는 것과 할 수 없는 것이, 지금 한순간에 명확하게 보였다.

당문현은 눈이 튀어나올 것처럼 눈꺼풀을 크게 밀어 올리고, 입술은 질끈 깨물었다. 그리고 허리 뒤로 손을 돌렸다.

온전하게 무장을 갖추지는 못했지만, 북조류 일인으로서 부족함 없는 무공을 지녔다.

아무리 경험이 없다고 한들, 어찌 주저앉을 수가 있겠나.

힘주어 어금니를 불끈 틀어 물었다.

"좋다, 와라."

다른 누구를 향해서가 아니었다. 바로 자신을 위한 다독임이다.

북소리가 급하게 울리고, 수천에 이르는 자들이 내지르는 고함과 괴이한 울부짖음이 높이 터졌다.

상황이 어떻게 돌아가는 것인가.

급히 모습을 드러낸 일단의 무리가 있었다. 그들은 성도를 멀리서 보았다. 언덕 위로 올라서기가 무섭게 다들 급한 숨을 삼키면서 굳었다.

전장의 한복판이다. 자그마치 수천에 이르는 자들이 대치하는 광경이라니.

붉은 깃발에 에워 쌓인 성도는 격랑에 휩쓸리고 있는 편주(片舟)처럼 한참 위태하게만 보였다. 언제고 물결에 엎어질 듯하다.

아울러 저기서 드러나는 사기는 한참 지독하여서 살이 에일 듯하다.

"무량수불. 참으로 끔찍한 자들이로다."

청성 풍양자가 눈살을 잔뜩 모으고서 고개를 흔들었다. 항시 웃음을 달고 사는 그였지만, 저기 광경을 보면서는 한 줌의 웃음도 지을 수가 없었다.

일그러지는 얼굴을 겨우 다잡았다.

풍양자가 그런 정도이니, 다른 이들은 또 어떠하겠는가.

청성파의 양정, 아미파의 장우빙, 그리고 천룡 휘하에 있는 수룡기 정예 일백 무사까지.

수룡기 일백 무사 또한 단련과 경험이 상당한 자들로, 온갖 험한 일을 다 이겨왔다. 그러나 지금 성도와 같은 일은 실로 드문 경우라 하겠다.

모두 낯빛을 굳히고서, 숨을 삼켰다.

그래도 후위에서 당민은 한없이 차분한 기색이었다.

성도는 물론, 에워싸고 있는 붉은 물결, 홍천의 군세를 노려보는 눈초리는 얼음장처럼 차갑기만 했다. 동요할 때가 아닌 까닭이다.

피폐한 성도, 저곳을 거쳤던 것이 그렇게 오래전도 아니건만. 전혀 딴판으로 지옥도가 따로 없다. 그러나 당민에게는 저기 보이는 지옥도가 그렇게 낯설지는 않았다.

하북에서 금군을 이끌고서 마도를 크게 일소할 적에 겪은 바가 있었다.

민초를 미혹하여서 앞에 세우고, 막상 자신들은 뒤에서 오로지 성마가 어쩌고, 교리가 어쩌고를 떠들면서 사지로 밀어내던 자들이다. 그 짓거리가 여기서도 똑같이 일어나고 있었다. 아니, 더욱 질이 좋지 않았다.

저기 홍천의 군세는 오합지졸에 지나지 않다. 군세를 이끄는 자들부터가 신심이랄 게 없다. 겉모습뿐으로, 조금만 불리해지면 바로 주저앉거나, 등을 보일 것이 뻔한 자들이다.

그렇기에 전혀 앞으로 나서지 않았다.

어차피 저기 작자들에게는 수천에 이르는 군세마저도, 장기판의 말보다 못한 존재에 지나지 않으니까. 언제든지, 얼마든지 버릴 수 있는 패, 그 정도에 지나지 않는 것이다.

당민은 차가운 눈으로 뜨거운 홍천 군세를 노려보았다. 오는 중에 배를 끌고 다니던 사령이라는 자, 그의 진로를 끊어놓지 않았다면, 성도는 진즉 넘어갔을지도 모를 일이다.

"저것들, 뭔가를 기다리고 있는 듯한데."

"그것은 혈망이라는 자, 삼사령이라 하였던가요? 아마
도 그자가 아니겠습니까?"

"그도 있을 것이고. 대사령이라는 자에게 다른 명령을
받지 못한 것일 수도 있겠지요. 저들이 노리는 것은 단지
사천을 도모하는 것만이 아닐 겁니다."

꿍꿍이가 남다른 자들이었다.

사교를 앞세웠지만, 실상 마도가 있음을 여기 있는 자들
모두가 알았다. 딱딱하게 굳은 눈으로 너머에 있는 성도를
노려보았다.

섣불리 움직일 수는 없으나, 그렇다고 마냥 지켜보고 있
을 수도 없다.

진퇴양난인가.

저들이 두려울 바는 없다. 다만 성도에 갇혀서 볼모나
다름없는 성도 백성이 걱정이다. 시간을 오래 끌 수도 없
다. 이미 시간은 과할 정도로 흐르지 않았던가. 당민은 턱
을 끌어당겨 차갑고도 신중한 눈빛을 발했다.

잘못 움직이면 천추의 한을 남길 수도 있는 상황, 여기
서는 마땅히 신중하면서도 과감해야 한다.

이때에, 당민은 입매를 비틀었다. 녹색 가면 아래에서
머금은 조소가 사뭇 싸늘했다.

"복잡하게 생각하면 한도 끝도 없지."

당민은 자리를 털고 허리를 세웠다.

"당 아가씨."

"음."

당민 곁으로, 장우빙이 조심스럽게 다가섰다. 낯빛이 한 없이 창백했다. 성도가 어려운 상황이라는 것은 짐작이야 하고 있었지만, 그래도 이런 정도일 줄은.

"이제 어쩌지요?"

"저것들. 붉은 군세를 걷어내야겠지."

당민은 그러면서 앞으로 몸을 내밀었다. 성도를 크게 에 워싸고 있는 붉은 깃발은 요사하게 펄럭거리고, 아래에 모 여든 군세는 괴이한 주문만 연신 읊어대고 있다. 어느 때 를 기다리기라도 하는 것처럼 기괴한 모습이다.

그리고 너머로는 사천련이 있었다. 깃발을 높이 세웠지 만, 그들 또한 쉽게 움직이지 못하고 있었다. 크나큰 피해 를 각오해야 하는 것도 있으려나, 홍천 군세와 비교하자 면, 머릿수는 채 한 줌에도 이르지 못할 정도였다.

"사천련과 먼저 때를 맞추어야 하지 않겠나."

풍양자가 돌아보며 말했다.

"그래야겠지. 우리 쪽은 당장에라도 움직일 수 있겠지 만. 저쪽은 원체 걸리는 게 많을 테니."

당민과 풍양자, 그리고 양정, 장우빙을 비롯하여서, 수룡기 무인 일백이 눈을 시퍼렇게 뜨고 있었다.

배에서 내렸다고 하지만, 수룡기 무사들은 조금도 흔들림이 없었다. 개개인이 절정, 혹은 그에 근접하는 수준일 뿐만 아니라, 어지간한 난전을 이겨낸 경험 많은 자들뿐이었다.

정예라고 하기에 부족함이 없다.

돌파하고자 하면, 수룡기 일백만으로 가능한 일이다.

다만, 군세를 온전히 감당하기에는 머릿수를 무시할 수야 없는 일이 아닌가.

사천련은 이래저래 모인 사람들이라, 그렇게 일사불란하게 움직일 수는 없는 상황이다. 그리고 당민과 풍양자는 잠시 말끝을 흐리고 눈빛만 한번 주고받았다.

장우빙이 가까이 있어서, 입 밖으로 내기는 어려웠지만 두 사람은 무엇보다 정보가 새는 것을 더욱 경계했다. 그것은 단순한 피해 이상의 일을 불러올 터이니.

다들 신중하여 입을 다물고서 각자 머리를 굴리고 있을 새, 당민이 먼저 고개를 들었다.

"우선은 내가 다녀오지. 더 시기를 지체하면 설사 사교를 밀어낸다고 해도, 성도에 살아 있는 사람이 없을 테니."

"무리를 해서라도 일거에 몰아치는 편이 훨씬 승산이 있을 것이고."

풍양자가 공감하여 고개를 끄덕였다. 당민은 눈빛을 감추고서 숨은 자리에서 조용히 일어섰다. 머리 위에서 노을빛이 빠르게 잦아들었다.

다급하게 마련한 군막이 여러 채였다.

성도를 마주할 수 있는 언덕 위로 숙영지를 마련했다. 사천련의 깃발, 다른 문양은 없었다. 서방을 뜻하는 백색의 삼각기에 사천의 두 글자를 간단히 새겼을 뿐이다.

사천의 무림인이 단합하여서, 사교를 몰아내는 것이 목적이다. 누구의 상징을 굳이 새겨넣을 이유는 없다. 그러나 달려나가지 못한 채, 세워놓은 깃발은 애처롭게 펄럭거릴 뿐이다.

사천련 군막 중 하나.

그곳에는 성도로 드나들 수 있는 모든 길목을 표시한 지도를 세워놓았고, 한 여인이 우뚝 서서 지도를 한참이고 노려보고 있었다.

팔짱을 낀 채, 초조하여서 붉은 입술을 연신 짓씹었다. 지도를 살피는 눈동자는 한참 분주했다.

성도 주변으로 붉은 표시를 빼곡하게 해놓아서, 벽 너머에 붉은 벽을 다시 쌓기라도 한 것 같았다.

한 줄, 두 줄이 아니었다.

"사군을 전부 동원해서 성도를 감싸다니. 아예 말려 죽일 생각이냐?"

금사강을 넘어 내려와, 사천 곳곳을 짓밟더니, 돌연 머리를 돌려서 일제히 성도에 모여들었다. 사전에 약속한 바가 있기라도 하였는지.

저렇게 단단하게 뭉친 상태에서는 쉽게 깨뜨릴 수가 없었다. 전력을 떠나, 인원수로 한참 부족한 사천련으로서는 쉽게 도모할 수가 없는 상황이다.

무엇보다, 저기에 숨은 노림수를 알지 못한다는 것이 더욱 큰 문제로, 사천련으로 하여금 주저하게 만들었다.

계책을 마련하는 처지에서, 그것만큼 괴로운 것도 없겠다.

홍천이라는 미치광이들, 그들은 유불리는 물론, 성사 유무를 따지지 않는다. 그들이 바라는 성공이라는 건 대체 무어란 말인가.

"어느 쪽이든 원하는 바가 있을 텐데. 지금 상태로는 공멸……뿐이지 않은가."

피가 배어 나올 정도로 힘주어 입술을 질끈 물었다. 으득 소리가 작게 울렸다.

여인은 불현듯 어깨를 들썩였다. 지도에 집중하는 눈초리가 한차례 요동쳤다.

'이런.'

너무 집중한 것인가. 아무리 자신이 참모역이라고 하지만, 그래도 무인인바. 바로 뒤에 낯선 그림자가 드리울 때까지 전혀 눈치채지 못하고 있었다니.

한심한 일.

한편으로는 두려운 일이다. 여기는 사천련 숙영지의 한복판이었다. 이곳으로 스며들었다는 것은 경계가 뚫렸다는 것이고, 바깥 도움을 기대할 수도 없다는 뜻이다.

더욱 최악이라면, 상대의 무위가 가늠할 수 없을 정도일지도 모른다는 것.

생각은 많았지만, 고작해야 찰나에 불과했다.

그녀는 내색하지 않고, 세워놓은 지도를 더욱 무섭게 노려보았다. 팔짱 낀 손이 조용히 움직여서 소매 안쪽으로 천천히 들어갔다. 손가락 끝이 미미하게 떨렸다. 그런데 드리운 그림자가 물었다.

"어떤 상황인 거냐?"

차분한 물음이다. 그녀는 선뜻 답하지 못하고, 눈썹을 크게 들썩였다.

"상황을 묻지 않니. 딴짓은 하지 마라."

"윽!"

목소리에 불편한 기색이 드러나자, 은밀하게 움직이던

손끝이 뻣뻣하게 굳었다. 식은땀이 더욱 굵게 솟았다.

"쯧, 놀라는 건 이해하지만, 적어도 상대는 확인해야지. 무턱대고 손 쓸 생각이냐."

낯선 이는 앞으로 나서면서 그녀의 어깨에 손을 올렸다. 암기를 감춘 것을 정확하게 파악한 것이다. 그러나 이상으로 손을 쓰지는 않았다.

바로 옆으로 다가와 섰다.

굳어 버린 눈동자를 간신히 돌렸다. 그러자 막사 안에 밝힌 불빛을 받아서 드러난 것은 기괴한 모양의 녹색가면이다. 울퉁불퉁한 녹면은 한참 수상하겠지만, 그녀는 단박에 알아보았다.

아니, 누구의 가면인지. 사천 땅에서 알아보지 못하는 사람은 없을 것이다. 막사의 여인은 더욱 당연하게 알아보았다.

"당 언니!"

녹면옥수 당민이다. 그리고 사천련 참모역으로 군막의 여인은 당가의 당진진이라 하였다. 아직 무명을 얻은 바는 없으나, 약곡전을 지키는 의절선고 당진령의 친동생으로, 재지가 상당한 재녀로 부족함이 없는 인사였다.

당진진은 크게 반색했다.

소식이 제대로 오지 않아서 걱정이 이만저만이 아닐 때

였다. 더구나 큰 일전을 앞에 둔 이때가 아닌가. 불안과 초조함이 깊어지는 찰나에, 크게 믿고 의지하는 당민이 훌쩍 나타났으니.

당진진은 그만 울음이라도 터뜨릴 듯했다.

찌푸린 얼굴을 보고서, 당민은 쓴웃음을 지었다. 가면으로 드러난 두 눈동자가 호선을 그렸다.

"마음고생이 상당했던 모양이구나."

"흐읍. 말 마셔요."

당진진은 눈물이 고일 듯한 것을 꾹 참아냈다. 입술 한 번 삐죽이고 지도를 흘깃 보았다. 성도를 에워싸놓은 붉은 깃발이 많기도 하다.

"이제 돌아오신 건가요? 대체 지금까지……."

"내 얘기는 중요하지 않다. 그보다 상황은 어찌 되어가는 게냐?"

"으음, 보시는 바대로이지요."

더할 것도, 덜할 것도 없었다.

앞뒤 없이, 무식하게 포위만 하는 홍천, 성도에서는 어찌 버티어내고 있다지만, 큰 의미가 없었다.

사천련이 가까이 접근했지만, 홍천군은 조금도 움직이지 않고 있었다.

어찌 꿰어내려 하더라도 요지부동이었다. 그렇다고 등

을 돌려서 공성이라도 도모하면 배후라도 노리겠으나, 그
조차도 않고 있었다.

저것들은 대체 무슨 때를 기다리는 것인지. 그럴수록 전
황은 점점 기기괴괴하게 흘러간다.

홍천군이라 하는 것들은 홍천교의 교도뿐만 아니라, 일
반 민초도 부지기수였다. 그들은 사천련이 접근하려 들면,
마음껏 목숨을 내던졌다.

크게 홀린 바여서, 제정신이 아닌 자들이었다.

이를 두고서 동귀어진이라는 소리는 나오지도 않았다.
같이 죽으려 드는 자들만도 수천에 이르니, 아무리 도산검
림의 호걸들이라 하더라도 선뜻 상대할 수는 없었다.

설명 끝에 당민은 무겁게 고개를 끄덕였다. 가면을 쓰고
있었지만, 눈빛은 침착하게 가라앉아 있었다.

"그래, 상황은 알겠다. 홍천, 저것들은 아주 곤란한 것
들이지. 그렇다고 한들 너무 손을 놓고 있지 않으냐. 피해
를 먼저 걱정하면 무엇을 할 수 있겠느냐."

"그게……네에……."

당진진은 시름이 짙어서, 어두운 낯으로 고개를 떨구었
다.

"이런, 내가 마치 타박이라도 하는 것 같구나."

"타박은요. 아닙니다. 아니에요. 맞는 말씀이신 걸요."

상황이 한참 곤란하여서, 뾰족한 방책을 찾지 못하고 있는 것은 분명한 사실이었다. 손해가 두려웠다.

당민의 지적에 실상 고개를 들기가 어려웠다.

"말씀대로, 피해가 두렵습니다. 어느 정도에서 끝날 상황이 아니니."

이쪽에는 사람의 한계가 명백한데, 저쪽은 사람 목숨을 전혀 염두에 두지 않는다. 하나가 열을 상대한들, 열이 아닌 일백을 거리낌 없이 버리는 자들이다.

사교라는 말도 붙일 수가 없다. 쓰레기들.

당민은 눈을 가늘게 뜨고서, 포위를 의미하는 홍천교 붉은 표식을 노려보았다. 당진진의 복잡한 머릿속이나, 분노한 심정을 이해하지 못할 바는 아니다.

어려운 일, 어려운 상황이겠지.

그러나 고민이 너무 깊어지고, 가슴이 너무 불타오르면 정작 움직여야 할 때에 움직일 수가 없으니.

당민은 문득 지도 앞으로 한 걸음 다가섰다.

"언니?"

의아한 당진진의 목소리를 흘리면서, 당민은 손을 들었다. 섬세한 손짓으로 지도를 천천히 더듬어갔다.

성도가 있고, 홍천병이 크게 에워싸고 있다. 몇 겹이나 되는 포위였다. 그것만으로도 압박이다. 이미 처리한 삼사령을 마냥 기다리는 것일까.

'다른 무엇이 더 있을 텐데.'

당민은 곧 손을 내리고 고개를 돌렸다.

"고민은 여기까지. 미명이 오기 전에 우리 쪽이 먼저 움직이겠다."

"네?"

"나와 청성 풍양자가 선두에 선다. 뒤를 받쳐주는 것은……수룡이다."

"수룡?"

더더욱 모를 소리이고, 이름이다. 그러나 당민은 당진진의 의문을 해결하기보다는 당황한 그녀를 똑바로 바라보았다.

"일거에 포위망을 뚫어버릴 작정이다. 사천련의 진퇴는 네 몫이니. 때를 놓치지 말거라."

당진진은 덥석 입술을 말아 물었다. 자세한 것이야 어떻든 간에, 당민이 직접 돌파구를 만들겠다는 것만은 분명하다. 그녀는 눈을 크게 뜬 채, 급히 만류했다.

"너무 위험합니다! 저들은 같이 죽자고 들 터인데!"

"위험하지. 위험한 일이니, 할 수 있는 사람이 해야지. 너도 할 수 있는 것을 해야 한다."

당민은 짧게 답하고서 바로 군막을 나섰다. 당진진이 바로 뒤따랐지만, 그 잠깐 사이에, 바람처럼 사라져서 어디에도 당민의 종적은 보이지 않았다.

사방 어둑한 가운데에, 군데군데 밝힌 불길이 일렁거렸다.

"하아……."

당진진은 그만 한숨을 내뱉으면서 어깨를 늘어뜨렸다. 이 또한 시련이려니. 그는 군막으로 다시 들어가, 가까이 간이의자에 털썩 주저앉았다.

어깨가 무겁고, 무릎에서 힘이 쭉 빠졌다.

"청성 풍양자라고. 그런데 수룡이라니. 그건 대체?"

당진진은 잠시간 멍하니 있다가, 불현듯 허리를 바짝 세웠다. 세차게 고개를 흔들었다.

"아니지. 이렇게 멍하게 있을 때가 아니야."

때를 놓치지 않기 위해서라면, 적어도 준비가 필요했다. 당민 말대로라면, 미명은 그렇게 멀지 않았다. 사천의 녹면옥수가 의미 없는 말을 했을 리도 없는 것이고, 자신은 또한 사천련의 참모, 역할을 충실히 수행해야 한다.

가장 첫째로 불안하였던 선봉을 당민이 맡아준다면, 뒤는 억지로라도 이끌 수 있다.

벌떡 일어난 당진진은 급히 붓을 챙겨 들었다. 몇 장인가, 전서를 날 듯이 후다닥 써 내려가는 데, 치뜬 눈가에는 단단한 각오가 어렸다.

당민은 사천련의 숙영지를 조용히 벗어났다.

곳곳에 잠 못 이룬 자가 여럿이고, 친숙한 얼굴 또한 많았지만, 굳이 마주하면서 회포를 풀 때가 아니었다. 바로 치고 들어가기로 한 마당이었다.

괜히 말을 섞으면 오히려 때가 늦어질 뿐이고. 정보가 샐 염려가 무엇보다 컸다. 모르는 상대와 알고 기다리는 상대는 전혀 딴판이니까.

지금처럼 대규모의 일전이라면 더욱 큰 불안요소라 하겠다.

당민은 일행에게 바로 돌아갔다.

수룡기 일백무사, 그리고 풍양자와 양정, 장우빙이 눈을 크게 반짝이면서 당민을 기다리고 있었다.

"저쪽은 어떤 상황인가?"

"섣불리 움직이지 못하고 있더군. 무엇보다 선봉에 대한 부담이 상당한 모양이야. 어느 한 곳에 맡기기에는 불안하고, 미덥지 못한 것이겠지."

"음."

풍양자는 가만히 한쪽 눈썹을 치켜들었다.

여력이 있는 곳이라면 희생을 강요한다고 여길 것이고, 여력이 없는 곳은 실패의 위험이 크다. 어느 쪽이든 고약한 상황인 것은 틀림없는 일이다.

말이 좋아서, 사천의 무림련이라고 하지만, 결국에는 급
조한 연합체인 것이다. 한계는 쉽게 드러난다.

　"그럴 법한 일이기는 하지."

　풍양자는 작게 중얼거렸다. 그들이 움츠린 언덕 너머로
붉은 깃발이 한참 불길하게 펄럭였다. 달빛조차 저문 지금
에도, 저기 불길함만큼은 조금도 뒤덮지 못했다.

　당민과 풍양자, 두 사람은 잠시 어깨를 나란히 한 채, 어
둑한 너머를 노려보았다.

　당민도 그렇지만, 풍양자도 또한 고요한 불길을 품고 있
었다. 드러내지 않을 뿐이다.

　사형제가 당한 변을 어찌 잊겠는가. 다만, 때가 아니기
에 다잡고 있을 따름. 그나마도 이제 곧이었다. 풍양자는
잠시 숨을 다잡았다.

　"슬슬 놓을 때가 되었으려나."

　바람은 불길을 억누르기도 하지만, 더욱 크게 키우기도
한다. 그때가 곧이다.

　풍양자는 수염으로 거친 턱 아래를 긁적였다. 꽤 서두른
탓에 관은 물론 걸친 도포조차 흙먼지가 그득하다.

　"그래서 계획은 따로 세웠나?"

　"일거에 중앙을 꿰뚫고, 좌우로 흩어지는 자들은 사천련
에 맡긴다."

"흠, 간단해 좋군."

"그대로 돌파해서, 머리를 쳐야 해."

"굳이 할 필요도 없는 말이라…… 하고 싶지만, 유념하지. 머리, 머리를 치면, 저것들 광기가 좀 줄어들까나?"

"줄어들지. 줄어들고말고."

당민은 고개를 끄덕였다.

지금 제일 경계해야 할 것은 홍천의 군세 자체가 아니라, 저들을 휩쓸고 있는 광기였다. 신을 위한 것인지, 무엇을 위한 것인지는 몰라도 제대로 이지를 갖추고 있는 것이 아니었다.

지그시 입술을 깨물었다.

무슨 삿된 술법에 당한 것인지. 수천에 이르는 자들이 넋을 잃고, 그저 홍천 세상만을 읊어대고 있다. 저들이 보이는 광기는 들불처럼 일어나 붉은 깃발처럼 펄럭거린다.

그러나 다른 눈으로 자세하게 살피면, 저것이 전부 사람의 피요, 원혼이며, 넋이라는 것을 알 수 있다. 성도를 에워싸고서, 지옥의 한 귀퉁이를 펼쳐내는 셈이다.

"무량수불, 참담한 것들이로다."

"무량수불도, 원시천존도 당장은 없으니. 도사께서 힘 좀 써주셔야지."

도호와 함께 한탄하니, 당민이 넌지시 말을 건네었다.

그러자 풍양자가 짐짓 심각한 얼굴로 있다가 히죽 웃었다.

"흠, 흠, 파사의 재주는 딱히 없네만. 그래도…… 당 아가씨가 그리 말씀하시니. 먼저 나서 보도록 하지."

"도와줄 건?"

"뭐, 딱히 있을까. 그래도 기왕에 손을 쓸 셈이면 너무 기다리게 하지 말라고."

풍양자는 가볍게 손을 흔들었다. 그러고는 턱을 당기면서 먼 곳을 지그시 노려보았다. 저기 동천에서부터 서서히 색을 달리하기 시작했다.

날은 곧 밝아온다.

뒷짐을 진 채, 천천히 앞으로 나섰다. 조용하게 걷는 모습은 어디 산보라도 하듯이 가벼운 모습이다. 다만, 어깨 위로 서서히 바람이 일기 시작했다.

서서히.

당민은 먼저 나서는 풍양자를 지켜보다가 문득 손을 들어서 얼굴을 덮었다. 그리고 드러나는 것은 예의 녹면이다.

녹면옥수, 그 이름대로. 당민은 투명한 유리알 같은 눈동자를 번뜩였다.

홍천교는 뒤는 전혀 신경 쓰지 않는다. 그들은 성도의 높은 성벽을 향한 채, 기이한 울음만 거듭 토해낼 뿐이다.

우두머리라는 것들은 가까이 사천련이 있다는 것을 알았지만, 치려거든 쳐보라는 듯이 조금도 신경 쓰지 않았다.

그 탓인지. 바로 뒤로 낯선 이가 설렁설렁 다가설 때까지 아무도 눈치채지 못했다.

애초에 경계라는 것이 없으니.

풍양자가 바로 뒤에 이르고서야 느리게 고개를 돌리는 자들이 태반이었다.

"……."

그럼에도 초점 없는 그들 눈초리에는 어떤 놀람이나, 두려움도 없었다. 가까이 다가선 풍양자의 모습을 전혀 이해하지 못한 듯했다.

"저, 적? 적인가?"

느리게 고개를 갸웃거렸다.

혀가 굳은 채, 약에 취한 사람처럼 떠듬떠듬 한마디 뱉는 것이 힘겨웠다. 그래도 본래에 힘을 쓰던 자인지, 풍양자를 향해서 경계하듯 투박한 칼날을 들이밀기는 했다. 그러면서 몽롱한 눈가에 붉은빛이 서서히 피어올랐다. 광기가 일어나는 것이다.

고개를 잔뜩 비트는 것과 함께 끄으윽, 기이한 신음을 쥐어짰다. 하나, 둘이 아니라 고개 돌린 전부가 그렇게 돌변하는 모습은 섬뜩할 정도였다. 풍양자는 냉정한 모습으로 손을 들었다.

바람이 일었다.

풍양자를 중심으로 빠르게 맴돌았다.

검기를 품은 바람, 풍령인을 전신에 두르고서 풍양자는 그대로 나아갔다.

더욱 서두를 것도 없이, 평범한 걸음, 그러나 스치는 모든 것은 풍양자 앞에서 갈라졌다. 피가 튀고, 목과 팔다리가 마구 치솟는다.

비명은 없었다.

느리게 움직이는 자들은 자신이 무슨 일을 당한 것인지 바로 깨닫지 못했다. 땅에 떨어지고서 목이 떨어졌구나, 허리가 끊어졌구나를 알 뿐이었다.

고통도, 두려움도 느끼지 못하는 자들이다. 느리게 허우적거리다가 천천히 멈췄다.

풍양자는 굳은 얼굴로 깊이, 더욱 깊이 나아갔다. 파고드는 걸음에 지체는 없고, 주변으로는 피바람이 거칠게 일었다.

홍천의 광기가 타오르기 시작했지만, 한참 뒤늦었다. 달려드는 뜨거운 광기, 휩쓸린 홍천의 군세들은 괴성을 내지르면서 풍양자를 짓눌러 버리고자 뛰어들었다. 그러나 도도하게 솟구치는 차가운 바람에 쓸려나갈 뿐이다.

어중간한 바람이라면, 광기를 부채질하여 되레 큰 불길을 초래할지도 모르려나, 풍양자의 손끝에서 일어나는 풍령인은 단호했다.

청성산에서 비롯한 맑고 청량한 바람은 모든 것을 휩쓸었다. 품은 예리한 기운은 농밀하였고, 위력적이었다.

캬아아아!

달려드는 자의 헛된 괴성은 끝에 비명으로 돌변하여 힘을 잃었다. 몰아치는 바람에 소리는 흩어졌다.

몇 걸음 만에 한 축이 아예 무너졌다. 주변으로 피 비가 쏟아지고, 핏물이 잔뜩 고여 진창을 이룬다.

풍양자는 전신에 검기경풍을 두르고 그대로 가로질렀다. 가장 외곽을 감싸고 있던 일군을 관통하는 것은 순식간에 벌어졌다.

분분히 솟구치고 나가떨어졌다. 어디 하나 성한 모습이 없었다.

성큼 나아가는 걸음에 좌우로 뻗어낸 손짓으로 도포 자락이 세차게 펄럭였다. 어김없이 일어나는 회선풍은 강렬하다. 조각난 시체가 후드득 떨어진다.

맑은 바람이 스치는 자리에 피 비가 내리니.

풍양자는 전혀 사정을 두지 않는다. 살업이고, 악업이고 그 모든 것을 어찌 마다하겠나. 사사롭게는 사형제의 원한

이 산처럼 쌓였고, 다르게는 성도에 갇힌 백성의 안위가 걸린 일이다. 그보다 더욱 크게는 마도의 검은 구름이 한참 짙은 상황인데.

사정을 남긴다고 힘을 헛되이 쓸 수 없는 노릇. 무엇이 더욱 중한지는, 스스로 물어도 답할 수는 없다.

풍양자는 그저 지금 순간에 모든 것을 감당하기로 한 것이다. 눈길 닿는 사교 무리는 용서 없이 쓸어버리겠노라. 차분한 기색으로 보보를 이어갔다.

앞장서는 풍양자, 그리고 뒤이어서 일행들 또한 빠르게 다가섰다.

수룡기 일백은 과연 정예, 그들은 마치 한 몸처럼 움직인다. 그야말로 집단전의 정석이라고 할 수 있다. 단순히 무공을 지닌 무림인으로서 보일 만한 전격전이 아니었다. 전차를 앞세우기라도 한 것처럼 무참히 짓밟았고, 전열을 갈랐으며, 그대로 각개격파였다.

그들 덕분에 이와 같은 전장은 처음이라고 할 수 있는 양정과 장우빙도 발 빠르게 적응해나갈 수 있었다. 그리고 당민이 있었다.

검기경풍이 일대를 사납게 휩쓸고, 그렇게 만들어낸 틈바구니를 수룡기가 짓밟는다. 그리고 폭염이 솟구쳤다.

쫘릉! 쫘릉!

땅을 흔드는 폭음과 함께 솟구치는 붉은 불길이 높았다. 화탄이다. 그것도 보통의 화탄이 아니라, 당가에서 비장한 염룡환(炎龍丸)이다.

겉보기에는 적두 한 알처럼 작고, 폭발력도 보잘것없는 정도였지만, 여럿을 함께 쓰면 쓸수록 위력은 배가 된다.

당민은 염룡환을 한 주먹씩 거침없이 떨쳤다. 폭발력과 불길은 방원 수 장을 휩쓸어 재만 남긴다.

솟구치는 불길, 그리고 일어나는 청풍의 바람은 불길을 더욱 크게 키워서 홍천이라는 가짜 이름을 조금도 남김없이 쓸어버렸다.

나름대로 발악을 하면서 악다구니를 써대지만, 선수를 제압당한 마당에, 이들은 속절없이 휩쓸릴 수밖에 없었다. 같이 죽고자 달려들어도 조금의 거리도 내어주지 않았기 때문이었다.

발 디딜 틈도 없이 몰려 있는 가운데에서 뻥뻥 터지는 폭발과 솟구치는 검풍은 이지 없는 자들이라도 공포를 느끼게 할 정도였다.

그것은 멀리 있는 자들을 향한 신호이기도 했다.

사천련은 당장 어수선해졌다.

"저것은!"

놀란 소리가 터지는데, 당진진은 눈을 크게 뜨고 불길이 연이어 솟구치면서 포위의 한 축이 와르르 무너지는 모습을 똑똑히 보았다.

"저건 무엇이지? 당가에서 따로 나선 게요?"

"아니, 그것은."

뾰족하게 답할 말이 없었다. 당가 사람들도 대부분은 당황한 얼굴이었다. 오직 한 사람만이 침착했다.

당진진이다.

"나서지요. 지금 때를 놓쳐서는 안 됩니다."

바로 나선 그녀의 한 마디는 무겁다. 꼭두새벽부터 은밀히 사람을 보내어서 한데 모으게 한 판이었다.

담담하지만, 사뭇 단호하다.

이전에 없이 강한 그 모습에, 일문의 주인들은 고개를 흔들지 못했다. 그들이 보기에도 이러한 기회는 다시 없을 듯했다.

"음! 당 군사의 말이 옳구려. 지금을 놓쳐서는……."

그들도 무인이다. 기세가 승하는 지금 순간을 어찌 모르겠나.

"출진!"

"출진이다!"

"각 문파는 깃발을 높이 세워라!"

"사천련의 깃발을 선두로!"

급조하였다고는 하지만, 그래도 갖출 것은 갖춘 사천련이다. 그들은 서촉백기를 앞에 세우고, 좌우로는 제 문파의 깃발을 연이어 세우고는 그대로 뛰쳐나갔다.

뜨거운 바람에 몰아치니, 여럿의 깃발이 한껏 펄럭인다.

피를 부르는 바람이 몰아치고, 광기를 불태우는 불길이 솟구치니, 뒤이어서 정예라 자부하는 사천 무인들의 돌진이다.

날벼락이 따로 없었다.

새벽이 다하기도 전에 고수가 등장하고, 폭발이 연이어 일어나다니. 삽시간에 진열이 요동치기 시작했다.

성도라는 거대한 일성을 물샐 틈도 없이 에워싸고 있는 만큼이나 수많은 인원이 어지럽게 뭉쳐 있었다. 그런 까닭에 방만했던 계통은 삽시간에 혼란해졌다.

홍천의 군세를 이끄는 자들은 크게 당황했다. 본래의 목적은 대치에 불과했기에, 지금과 같은 급습에 대하여서는 딱히 염두에 둔 바가 없었기 때문이었다.

쾅!

"이게 뭐야! 저것들이 정신이 나갔나. 갑자기 왜!"

탁자를 내려치는 손짓에 분노가 가득하다. 당장 격한 외침이 터졌다.

홍천군의 포위망, 그 중심에 있는 한 군막이다. 그곳에서 혼자 여유를 부리던 사내가 솟구치는 불길을 보고서 노발대발했다.

수천에 이르는 목숨을 하찮게 여기는 주제에, 누가 누구에게 미친 짓을 운운하는 것인지.

중요한 것은 죽어 나가는 수하들이나, 군병이 아니었다.

고사 직전까지 몰아붙인 성도, 그것을 목전에 두고서, 이런 방해가 일어났다는 것이 문제였다.

"고작 하루, 하루가 남았을 뿐인데!"

무슨 하루를 말하는가.

이곳을 총괄하는 대군장, 홍천교 오사령은 이를 바득바득 갈아대며 두 눈에 불길을 뜨겁게 일으켰다.

하루만 더 버티면 이 지옥은 끝나고 자신들 앞에 펼쳐지는 것은 그야말로 금은보화, 입신양명의 길이다. 분명하게 자신하였는데. 바로 직전에 일이 틀어지다니.

"대군장! 군장!"

"또 뭐냐!"

신경질적으로 홱 고개를 돌렸다. 저기 다급한 소리에 덜컥 가슴이 내려앉은 지경이다. 그것이 드러나기라도 할까, 더욱 거친 모습이다.

그러나 급하게 달려온 홍천 사자는 채 말을 잇지 못했

다. 그저 뒤를 향해서 정신없이 팔을 흔들었다. 손끝이 불안하게 떨렸다.

홍천교 오사령은 그만 눈을 크게 떴다.

외곽에서 주저하고 있던 사천련의 깃발이 들불처럼 일어 빠르게 몰려온다. 이제껏 억눌렸던 것이 계기를 통해서 터져 나온 셈이라, 아직 거리가 있음에도 절로 두려움이 일었다.

바람과 불이 일으키는 통에 무너져버린 전열이다. 더 이 어지지 못하는 광신의 인파가 전에 없이 흩어지니 다시 세를 수습할 수가 없었다.

'늦었다!'

오사령은 마른침을 억지로 삼켰다.

본래 계획이라면 하루, 하루 정도만 더 버티면 되는 일이었다. 그러나 끝장이 나버렸구나. 굳이 말하지 않아도 알 수가 있는 일이다.

사천련은 불안한 연합, 쉽사리 손 쓰지 못한다는 것을 크게 확신하던 차였는데. 그 확신이 와르르 무너졌다.

덜덜 떨리는 눈으로 고개를 돌렸다.

"후, 후퇴, 후퇴한다."

"네?"

"후퇴한다! 잡병은 필요 없어. 정예를 따로 추려서 당장 물러나!"

"허나, 대군장."

"후퇴라니까!"

"갈 곳이 없습니다."

사자는 망연한 눈으로 겨우 답했다. 오사령은 이익 이를 드러내었다가, 사자가 꺼낸 한 마디에 흠칫 고개를 들었다. 허겁지겁 군막을 치우고서 밖으로 뛰쳐나갔다.

그러자 여러 군장이 어지러운 얼굴로 우두커니 서 있을 뿐이지, 상황을 수습할 엄두조차 내지 못하고 있었다. 그들이 보는 곳은 사천련이 밀려오는 곳과는 또 다른 방향이었다.

그곳으로는 무섭게 달려오는 한 무리가 있었다. 번쩍거리는 투구를 눌러쓰고, 기창을 높이 세웠다.

저들은 대체 무언가.

"사, 사천련이 저리 인원이 많았던가?"

"아니, 아닙니다. 대군장. 저들은 무림의 무리가 아니오......."

군장 중 하나가 맥없이 중얼거리는 소리를 듣고서, 고개를 흔들었다.

몇백을 헤아리는 자들이 무섭게 질주하면서 오열을 단단히 갖추었다. 그야말로 정병 중의 정병으로, 마치 똘똘 뭉쳐 있는 하나의 창이 되어 있었다.

"가자!"

선두에서 금빛 번쩍거리는 투구를 쓴 자가 손을 번쩍 치켜들었다. 공력이 충만한 일성은 수삼 리 정도로 떨어져 있는 무리에까지 똑똑히 들려왔다.

저기에는 정체 모를 군부의 무리가, 뒤에는 사천 무림인이. 진퇴양난이라 할 수 있었다. 일고의 가치도 없다고 여긴 최악의 상황이 지금 벌어진 것이었다.

그것도 너무 갑작스럽게.

"산개, 산개해야……."

"여기서 산개하면 모두 죽소."

"이렇게 있다고 살겠소!"

누군가 더듬거렸다. 그러자 바로 말을 받았고, 거기에 성질을 내기도 했다. 다들 제각각, 하나로 생각을 모을 수가 없었다.

두려움이 물밀 듯이 몰려왔다.

"다들 닥쳐!"

오사령이 버럭 소리쳤다. 거칠기 그지없었다. 왈칵 일으키는 붉은 기운이 아지랑이처럼 일렁이면서 솟아오르기 시작했다.

"흐으, 흐으, 흐으."

몰아쉬는 소리가 힘겨웠다. 크게 뜬 눈동자가 차츰 붉어졌다. 당황한 것도 사실이지만, 그만큼 노한 기색이 한참 솟구쳤다.

물러나는 것과 도망은 전혀 다른 얘기였다. 군장들은 아예 내버리고 튈 생각만 가득하지 않은가.

"대, 대군장."

"홍천의 가호를 받고 도망할 생각을 하다니. 네놈들이 내 손에 먼저 죽고 싶은가 보구나."

"도망이 아니라."

"듣기 싫다!"

쨍하니 터진 소리에 고막이 찢어질 듯했다. 오사령은 뿌득 이를 악물고서, 전후를 급히 두리번거렸다. 포위망을 구축하는 것은 포기할 수밖에 없었다.

둘 다 감당할 수도 없는 일이었다. 저기서 죽어 나가고 있는 신도들에 대해서 아끼는 마음은 조금도 없었다.

"가능한 병력을 일거에 모아라. 사천련을 친다."

"사천련입니까."

"그래, 저기서 달려오는 것들, 어디 녀석인지는 몰라도, 군의 녀석들이 분명하지. 저것들을 상대할 바에야, 사천 무림을 조금이라도 흔들어놓는 편이 좋겠지."

"상황이, 상대가 그러하다."

후퇴라는 선택을 지워버리자, 대사령은 이제 냉정하고 침착한 모습으로 중얼거렸다. 그리고 휙 몸을 돌렸다.

가까이 우뚝 솟은 성도의 성벽을 노려보는 눈초리에 핏발이 어렸다. 저곳을 두고 벌인 한판의 도박은 분명 실패했다. 그렇다고 해도, 두 번째 목적까지 포기할 수는 없다.

"가라! 오늘이 사천 무림의 마지막이 될 것이다!"

상황이 크게 요동친다. 크지 않은 변화였지만, 그것을 풍양자는 바로 알아챘다. 일검을 가볍게 휘두르니, 정신없이 밀려드는 이들이 그대로 허리가 양단된 채 흩어졌다.

녹슨 창, 이 빠진 칼날이라도 한번 휘두를 새를 주지 않았다.

일거에 주변을 무인지경으로 만들어놓고서, 풍양자는 고개를 돌렸다.

"무슨 꿍꿍이지? 더는 웅크리고 있지 않겠다는 건가?"

거리가 상당했고, 사이에는 수많은 인원이 악다구니 쓰면서 발악하는 참이다. 그래도 풍양자는 여러 깃발이 어지럽게 움직이는 것을 볼 수 있었다.

이제는 제법 익숙한 깃발.

홍천의 사령이라는 것을 뜻하는 깃발이 분명했다. 저것이 움직인다는 것은 곧 진짜 마군이 움직인다고도 할 수 있다.

상황을 헤아리는 그 사이, 흩어지는 핏물을 짓밟고서 누군가 바짝 파고들었다. 초점 없는 눈이 아니다. 다른 곳을 보는 풍양자의 배후를 딱 노렸다.

그러나 풍양자는 자리에서 빙글 돌아섰을 뿐이다.

"억!"

빈 허공만 갈랐다. 동시에 자신의 목이 홱 뒤집히면서 날았다. 미처 칼날을 휘두르기도 전에 풍양자의 검기가 먼저 파고든 것이다.

목은 높이 날았고, 목 잃은 몸뚱이는 달려가던 기세 그대로 내달리다가 철퍼덕 바닥을 나뒹굴었다.

풍양자는 핏방울 한 점 맺히지 않은 검신을 한 번 떨쳤다.

지이잉.

검이 운다. 풍양자가 청풍의 검기를 두르고서 아주 깊숙하게 파고들었다. 성도의 성벽이 그리 멀지 않았다. 그리고 다른 쪽에서는 불빛이 연신 번쩍거렸다.

당민의 작품이 분명했다.

손끝으로 북조류의 암기가 화려하게 반짝거렸다. 피를 부르는 암기의 소나기라고 해도 부족하지 않겠다. 떠오른 아침 햇살을 받아서 더욱 현란했다.

두려운 것은 소리도 없고, 공기의 흐름도 느끼지 못할 정도로 예리하게 파고든다는 점이었다. 뚜렷하게 잔혹하지 않았다. 반사광이 번쩍이면 끝이다. 이보다 더 깔끔한 죽음이 어디에 있을까.

광기에 빠진 정도를 떠나서, 대부분 어찌 당했는지도 모르고 죽었다.

녹면 속에서 당민의 눈동자는 차분할 따름이다. 그리고 당민 뒤로는 양정과 장우빙, 두 사람이 각자가 지닌 공력을 아낌없이 발휘했다.

지닌 무공은 고절하지만 어떻든, 경험으로 보자면 한참 어린 강호인이 둘이다. 그러나 길지 않아도, 험난한 여정 속에서 전혀 딴판으로 돌변한 참이다.

둘은 힘껏 손을 썼다. 어설픈 사정 따위는 조금도 없고, 무공에 휘둘려서 앞뒤 없이 날뛰는 것도 아니다.

호흡과 완급을 적절하게 조절하면서 나아갔다. 뒤처지지도 않고, 앞서 나가지도 않는다. 그러면서도 청성검과 아미창은 단호했다.

"차합!"

"아미, 타불!"

상대하는 자들은 무력한 촌부라 할 수 없다. 광신에 홀려서, 더는 사람이기를 포기한 자들이 태반이다.

물밀 듯이 밀려오는 자들 앞에서 무공을 지니고 있다고 해서, 뽐내는 것만큼이나 어리석은 일은 없다.

여기서 무공의 고하는 중요하지 않았다. 가장 중요한 것은 마음이 얼마나 강하느냐였다.

흔들리지 않는 부동심.

무공에 입문하였을 적에 이미 들었던 가르침이려나, 지금처럼 끔찍한 곳에서 마음을 지켜내는 것은 어렵기도 할 뿐만 아니라, 무엇보다 필요한 일이었다.

양정은 입술을 질끈 물었다.

언뜻 보기에도 한참 늙어서, 제 몸 하나 건사하기 어려운 모습을 한 노인이었다. 그러나 노인은 눈을 하얗게 뒤집고, 웅크린 두 손을 마구잡이로 휘둘러대다가 용케도, 양정의 검 끝을 덥석 붙들었다.

강한 악력이다.

팍삭 늙어, 금방이라도 묏자리를 찾아야 할 것 같은 앙상한 모습으로는 보이지 않는 강렬한 악력이었다. 그런 상대에게 무슨 사정을 둘 수가 있을까. 무엇보다 중요한 것은 상대를 죽이는 것, 먼저 베는 것이니.

키익!

사람의 목에서 나오는 소리라고 할 수 없는 짧은 비명을 끝으로 노구가 맥없이 주저앉았다.

청풍검법의 가장 기본이라 할 수 있는 청령귀일(淸靈歸一)의 일초로 검을 거두고 목을 끊어냈다. 잡고자 하여도 잡을 수 없는 것이 청성에 이는 푸른 바람이라.

크게 공력을 발할 것도 없이, 한 번의 검초로 목을 날려 버리고서, 양정은 문득 떠오르는 바가 있었다.

'과연, 과연 무공고하란 절대적인 것이 아닌 게다.'

확실하게 깨달았다. 그저 마음이 얼마나 강하느냐, 그것이 무엇보다 중요한 일이었다.

분노하지도 않는다. 측은하지도 않다. 두려움이라 할 것도 없었다.

양정은 자신을 단단히 지키면서 검을 펼쳤다.

뭇 모든 무공도 그렇지만, 청성의 무공은 먼저 자신을 지키는 것에서 시작한다. 자신이란, 내 몸, 내 팔, 내 다리를 뜻하기만 하는 것은 아니었다.

바로 자신의 마음이었다.

무공은 그렇기에 필요한 것이니.

"차하압!"

맑은 일성이 홀연 높이 터져 나왔다. 광기 어린 웅성거림이 바로 깨져나갔다. 이어 퍼져가는 맑은소리가 너머에서 들려오자, 풍양자는 잠깐 입술을 끝을 들썩거렸다.

"흠, 그래도 성취를 보기는 하였군."

사람이 달라지지는 않는다. 그러나 양정의 검풍은 전혀 딴판이 될 것이 분명했다.

풍양자는 사제의 큰 성장에 뿌듯한 한편, 더욱 단호하게 손을 떨쳤다.

좌차차차착!

위로 뻗어 올린 일수를 쫓아서, 아래에서 위로 솟구치는 검풍에 몇이나 되는 자들이 그만 반쪽이 되어서는 좌우로 흩어졌다.

이제 구축한 포위망은 다 뚫어낸 셈이다.

풍양자는 짧은 호흡을 삼켰다. 피비린내가 그득한, 참으로 고약한 냄새였지만, 욕지기할 것도 없었다. 수염이 뾰족한 턱을 치켜들었다.

"이것들 봐라."

풍양자는 지그시 입술을 깨물었다.

아우른 광신도들을 뚫어냈더니, 지금 보이는 것은 성도의 성벽이나, 홍수들이 아니었다. 수뇌가 있을 법한 군막은 버려진 채였다.

대신이랄까. 촌각 전에 감지했던 군세의 변화를 확인할 수 있었다. 진짜 마구니라 할 무리들, 그것들이 한쪽으로 빠르게 나아가고 있었다.

도주일 수도 있고, 마지막 몸부림이라 할 수도 있다. 밀려오는 사천련을 마주하겠다고 나아가는 모습이다.

분명한 것은 주변에 널려 있는 신도들은 내버렸다는 것

이다.

"그래, 그래, 저것들 하는 짓거리야 다 비슷비슷한 게지."

풍양자는 입꼬리를 치켜들고서 서늘한 미소를 그렸다.

*   *   *

마른 먼지가 흩어졌다.

먼지 바람을 받으면서 나아가는 두 인영이 있었는데, 그들은 완만한 경사길을 올라서 구릉 위에 잠시 멈춰 섰다. 너머에는 쭉 뻗은 갈림길이었다.

"이런."

주변에 다른 표지석은 없다. 여기서 어디로 향하면 좋을지. 두 사람은 딱히 길을 아는 편이 아니라서, 사뭇 난처한 상황이었다.

당장 정하지는 못하고 일단은 멈췄다. 둘은 똑같이 흙투성이, 먼지투성이에다가 피투성이 꼴이었다. 말라붙은 핏물이 딱딱하게 굳었다.

지독한 전장을 헤쳐나오기라도 한 것인 양, 사뭇 처참한 몰골이라. 어디 개방 거지 운운하기에도 민망한 꼴이다.

그런 모습을 한 채로 길을 재촉하니. 그들 상황이 그렇게나 녹록하지 않다는 것이다.

"불원천리(不遠千里)가 따로 없구만. 벌써 얼마나 온 거야?"

한 사내가 오만상을 쓰면서 툴툴거렸다. 그는 덕지덕지 들러붙은 머리카락을 대충 떼어냈다.

그 불만을 옆의 사내는 귓등으로 흘렸다. 불평한다고 지금 상황이 달라지는 것도 아닌 마당이다.

불평하는 그는 위지백, 그리고 좌우를 살피면서 길을 찾는 이는 소명이다.

홍천이란 지명을 아예 지워버리고서, 두 사람은 사천의 어디인지 모를 곳에 서 있었다. 상당히 멀리 온 길이다. 자리를 피하는 것이 우선이기 때문이었다.

딱히 숨 돌리거나, 꼴을 돌볼 여유가 없었다.

소명은 그래도 멀끔한 얼굴로 그저 눈살을 찌푸리고 있었다. 위지백은 길가에 놓인 바윗돌에 한쪽 발을 올리고서 갈림길 너머를 빤히 바라보았다.

둘은 꼭 갈림길 때문에 멈춰 선 것만은 아니었다. 위지백은 이내 피식거렸다. 불평하는 것은 잠깐이었다. 엉망인 얼굴이지만, 맺히는 실소는 솔직했다. 거기에 소명은 하얗게 흘겨보았다.

"뭐가 재밌다고 웃고 난리야?"

"저기 좋은 일도 있구만. 뭘 그렇게 싫은 얼굴을 하고 그러시나."

"시끄럽거든."

소명은 실실거리는 위지백에게 험하게 이를 드러냈다. 심통이 난 것보다는 난처함에서 비롯한 짜증이다. 위지백이 본 것을 그가 보지 못하겠나.

눈길 닿는 곳에는 한 무리가 멀리 보였다. 그들은 딱 보기에도 자신들을 기다리고 있다. 그네들이 높이 세운 깃발로 정체를 드러내고 있는데. 저것을 감히 중원에서 흉내 낼 곳이 어디 있겠나. 그러나저러나 소명은 딱히 달갑지 않은 까닭에, 표정이 좋을 수가 없었다.

떨떠름한 얼굴이다.

"쟤들은 대체 왜 저러냐? 뭐 좋은 사이라고."

"그렇게 나쁠 사이도 아니잖아. 왜, 엇나가고 싶기라도 하나?"

"그런 뜻이 아니잖냐."

소명이 툭 내뱉은 한 마디를 냉큼 꼬투리 잡고서, 위지백은 키득거렸다. 저 모습이 왜 이렇게 얄미우냐, 완전히 남의 일이다.

"그래, 남의 일이기는 하지."

소명은 쯧, 혀를 차고서 구시렁거렸다.

저도 모르게 그러쥔 주먹을 억지로 풀었다. 모여 있는

자들, 저기 있는 깃발의 무리를 마냥 외면할 수도 없는 일이다. 깃발의 무리는 아직 이쪽을 보지 못한 모양인지, 조용히 자리를 지키고만 있었다.

"휘유, 그래도 다행 아니냐."

"뭐가?"

"솔직히 우리만으로는 힘든 상황이니까."

소명도 이번에는 다른 말을 하기보다는 고개를 끄덕였다. 그리고 지나온 길을 향해서 고개를 돌렸다. 완만하더라도 높은 곳에 선 덕분에 지나온 길이 쉽게 눈에 들어왔다.

한참 먼 곳에, 꾸물거리듯이 이쪽으로 움직이고 있는 또 다른 무리가 있었다.

홍천, 그곳에서 겨우 피신한 홍천교의 신자들이다. 이제는 신자라는 말은 할 수 없었다. 그저 갈 곳을 잃은 유민(流民)에 불과했다.

"저들이라면, 세상에서 숨겨줄 수 있겠지. 나중에라도 사천이 어떻게 되든, 저 많은 생목숨이 그냥 죽어 나가게 할 수는 없지 않겠냐."

위지백은 걸친 발을 내리면서 허리를 세웠다. 저기 오는 홍천의 유민들을 향해서 손을 휘휘 흔들었다. 화답하듯, 일행 속에서 누군가 손을 빠르게 흔들었다.

소림속가의 젊은 도객, 도기영이다.

"그래, 그래, 어련하시겠어. 알았다. 먼저 가서 만나볼 테니까. 너무 몰아붙이지 말라고."

"내가 뭘 몰아붙였다고."

위지백은 일단 입꼬리에 바로 힘을 주었지만, 여전히 눈은 웃고 있었다. 도움이고 나발이고, 위지백은 솔직하게 소명이 난처한 지금 상황이 좋은 것이다.

"쯧!"

소명은 들으라는 듯, 혀를 짧게 찼다.

"천룡대공자!"

"대공자!"

모습을 드러내기가 무섭다. 일제히 자리를 박차고 일어났다. 하나하나가 사람 아닌 보검처럼 정련한 기세를 품고 있었다.

그러나 소명은 그들의 경지에 감탄하기보다는 어이가 없었다. 이건 또 무슨 소리인지.

피와 먼지로 사람 꼴이라 할 수 없을 지경이지만, 벌떡 일어난 여기 무리는 소명을 대번에 알아보고서 분분히 머리를 조아렸다.

두 손을 힘주어 맞잡는 모습이 기운차다.

여기 이들은 천룡세가의 정예 중에서도 정예로 손꼽는 자들, 신룡대라 한다. 그러나 소명이 그것을 어찌 알겠나. 저들 정체보다야 한 목소리로 불러대는 대공자 소리에 오한이 일 따름이다.

"거, 무슨."

질색하는 판인데. 그들 중 한 사내가 바로 고개를 들었다. 굽힌 허리를 세우자, 체격 좋은 무인들 사이에서도 불쑥 머리 하나가 더 솟았다.

소명도 작다고 할 수 있는 신장은 아니지만, 훌쩍 키가 넘어가는 바람에 절로 눈이 위로 올라갔다.

사내는 한참 공손한 얼굴로, 눈앞까지 두 손을 들어 올렸다. 맞잡은 손 너머에서 소명을 보는 눈빛은 진지했다.

"대공자. 소인은 신룡대 대주, 마도옥이라 합니다."

"마도옥, 마 대주시로군요."

"예, 대공자를 보필하라는 명을 받자와, 대공자를 기다리고 있었습니다."

"아니, 아니, 그것보다. 내가 왜 대공자 소리를 듣는 거요?"

소명은 휘휘 손을 내저었다. 설마하니 대공자 소리를 듣게 될 줄이야. 그렇지않아도 수룡기를 이끄는 선장이라는 자도 대공자 소리를 운운하기에 강제로 틀어막지 않았던가.

일그러진 얼굴에 싫은 감정이 그대로 드러난다. 당장 미간에 골이 깊지 않은가. 그런데 마도옥은 그렇게 호락호락한 자가 아니었다.

선 굵은 얼굴에 뚜렷한 미소를 머금고서, 마도옥은 아주 당연하다는 듯이 말했다.

"그야, 대공자이시니까요."

"……그렇게 부르지 마시오."

"그래도, 대공자는 대공자이십니다."

"아니, 그렇게 부르지 말라니까."

"……."

마도옥은 조금도 흐림이 없을 뿐만 아니라, 주저하지도 않는다. 그는 소명의 찌푸린 눈길을 맞받았다. 가부를 말할 수 있는 일이 아니다. 마도옥은 단호하기까지 했다.

'아, 이 사람들이 정말…….'

지금 중요한 것은 자신을 뭐라고 부르느냐가 아니라, 사천과 사천 무림, 그리고 저기 뒤에 있는 홍천교의 유민들이다.

으득, 한번 억누르고서. 소명은 어렵게 입을 열었다.

"호칭은 나중에 얘기하고, 여하튼 도움을 주시겠다는 말이시오?"

"하명하십시오."

마도옥은 강한 어조로 말하면서, 눈을 한껏 반짝거렸다. 그에 뒤따라서, 신룡대라고 하는 자들 또한 한목소리로 힘껏 외쳤다.

"하명하십시오. 대공자!"

도움이 아니다. 명을 따르겠다는 것이다. 그것을 강하게 주장했다.

소명은 입술을 떼었다가, 채 말을 꺼내지 못하고 입을 다물었다. 고개를 슬그머니 뒤로 빼면서 앞에 일제히 고개 숙인 신룡대를 보는데, 그 눈초리에는 서서히 감정이 어리기 시작했다.

일단 진정하자.

소명은 고개를 살짝 꺾었다.

"뭐, 그래. 그럼. 저쪽에서 홍천의 유민들이 있소. 그들을 거두어서 따로 살길을 열어주고자 하오만."

"홍천, 홍천이라 하면. 홍천교라는 사교 무리가 총단으로 삼은 곳이라 알고 있습니다. 하면 사교의 교도라는 것인데. 그들을 구명하라는 말씀이신지?"

마도옥은 신중하게 물었다.

달리 불쾌하거나, 싫은 기색은 조금도 없었다. 그저 확인하고, 상황을 정리하고자 묻는 말이다. 소명은 느리게 고개를 끄덕였다.

뜻을 확인한 셈이다.

"예, 알겠습니다. 방책을 내어보겠습니다. 우선은 유민들 신병을 확보하지요."

마도옥은 발 빠르게 움직였다. 신룡대는 단순히 무공만이 고강한 이들이 아니다. 분명 유능했고, 조직적이었다.

다섯의 조가 일대를 이루고 있는데, 한 개 조에는 각기 아홉에서 열다섯까지의 인원이 있었다. 절정을 돌파하지 않은 이가 없었을 뿐만 아니라, 나름 독특한 무경을 이루어낸 자들도 태반이었다.

그런 신룡대가 소명의 한마디에 바로 움직였다. 우선은 계획을 구상했다.

두 개 조가 먼저 나서서, 힘겹게 오고 있는 홍천의 유민들을 살폈고, 부대주와 다른 조장들은 지도를 펼쳐서 마땅한 장소를 찾는 한편, 필요한 물품을 어떻게 조달할지를 토의했다. 급한 것은 의원과 약재, 그리고 식량일 터였다.

소명은 팔짱을 낀 채, 그들이 하는 양을 물끄러미 보았다.

'실로 유능한데.'

따로 자신이 나설 자리가 없을 정도였다. 그러다가 흘깃 옆을 살폈다.

마도옥이 사뭇 신중한 얼굴로 가까이 자리했다.

"대공자, 성도의 일입니다만."

"성도. 충돌하였소?"

"예, 제가 접한 마지막은 충돌 직전이라는 소식입니다. 수룡기에서 전해왔지요."

마도옥은 바로 첩지를 꺼내서 두 손으로 공손하게 내밀었다. 소명은 무거운 눈으로 첩지를 들었다. 밀랍으로 봉한 첩지는 가벼웠다.

봉인을 뜯어내고 첩지를 펼치자, 하얀 백지에 단정하지만 급하게 써 내려간 글자가 눈을 잡았다. 이것은 당민의 글씨였다.

몇 줄로 상황을 정리했고, 이제부터 어찌할지까지 남겼다. 총단의 일은 소명에게 맡길 수밖에 없었지만, 성도에서 벌어지는 대대적인 일전은 사천 무림이 주축으로 마무리해야 하는 일이었다.

비록 홍천을 무너뜨리는 것으로, 대사령을 비롯한 여러 수작질과 안배를 박살 내기는 했지만, 성도를 에워싸고 있는 홍천의 군세는 결코 간단한 수준이 아니었다.

특히나 광기에 물든 자들이라면 더 말할 것이 없었다.

소명은 입술을 질끈 물었다.

"이것은 언제……?"

"하루 전. 오시 무렵에 받았습니다. 전서와 더불어서,

새벽이 오기 전에 행동할 것이라 합니다.”

“새벽이 오기 전이라. 그럼 지금쯤이면.”

소명은 말을 삼키고 고개를 들었다. 전황이 한참이려나. 심각한 기색으로 성도가 있을 방향을 지그시 올려다보았다. 눈가에 절로 힘이 들어갔다.

아무리 소명이라도 당장에 닿을 수 있는 곳은 아니다. 이내 진정했다.

“고맙소, 마 대주.”

“별말씀을요, 대공자.”

“……”

끝까지 대공자 소리를 한다.

전서 쥔 손에 힘이 서서히 들어가더니, 이내 부르르 잘게 떨렸다. 구겨 쥐지 않는 것만도 상당히 자제력을 발휘하는 참이겠다. 그러다가 고개를 삐딱하게 기울이면서 눈을 치떴다.

눈빛이 영 곱지 않다.

지금 눈빛을 아는 사람은 아마도 위지백이 유일할 터였다. 다른 친구들도 미처 알지 못하는 저 눈빛이다. 그러니 마도옥이 어찌 그런 것을 알겠나.

아니, 소명의 눈빛이 스산해지는 것조차 감지하지 못했다. 그는 자리를 지키면서 소명이 다른 명령이 없는지, 마냥 기다렸다. 눈동자가 과하게 반짝거린다.

소명은 이내 헝클어지고 굳은 머리채를 억지로 쓸어넘겼다.

"후우……."

내뱉는 숨소리가 묵직했다. 이 정도라면 변화를 눈치챌 법도 하련만.

"아무래도, 다른 일을 하기에 앞서 마 대주와는 진솔한 대화가 필요할 듯하오."

"대화라니요. 제가 어찌 감히."

마도옥은 소명의 속내를 전혀 생각하지 못했다.

"아니, 아니오. 마다하지 마시구려. 아주 뜨겁고, 뜨거운 대화가 될 것이니."

소명은 침착하고 냉정한 어조로 말하며 한 걸음 다가섰다. 고개 내젓는 마도옥에게 그림자가 한층 가까워졌다. 그제야, 마도옥은 뭔가 심상치 않음을 깨달았다.

물러서야 한다.

강한 예감이 뇌리를 관통했다. 불길함에 가까운 것이다. 마도옥은 저도 모르게 고개를 뒤로 뺐다. 자연스럽게 물러나 거리를 벌렸다. 아니, 거리를 두고자 했다. 덥석, 어깨를 그러쥔 검은 손이 한층 빨랐다.

생각이 드는 순간에, 소명은 이미 마도옥의 어깨를 힘주어 움켜쥐었다. 마도옥은 순간 귓가에 철커덩, 하면서 자물쇠가 잠기는 소리가 들리는 듯했다.

깊이 단련하여서 강철같이 단단한 어깨였지만, 뼈를 꿰뚫기라도 할 것처럼 사정없이 파고드는 다섯 손가락이 무지막지했다.

"대, 대공자?"

"내가 그리 부르지 마라. 여러 번 말하지 않았던……가?"

소명은 하얀 이를 드러냈다. 한층 가까워진 눈빛이 흉험하게 번뜩인다. 파고드는 억센 손가락이 아프기도 했지만, 지금 그게 중요한 게 아니다.

마도옥에게는 머리 하나는 작은 소명이다. 그런데 주춤주춤할 새에 무릎이 굽혀지고, 미처 깨닫기도 전에 자신은 눈을 들어서 소명을 빤히 올려다보고 있었다.

혀가 굳는 느낌이다.

"그, 그래도. 대공자는……."

"음, 마 대주. 실로 강단이 있으시군."

"저 마도옥, 오로지 그것 하나로 일생을, 끼약!"

마도옥은 그만 저도 모르게 새된 비명을 내질렀다. 이제껏 누구 앞에서도 그리 쉽게 무릎 꿇은 바가 없었건만, 지금 그 무릎이 그대로 땅에 닿았다.

마도옥은 무릎 꿇었다는 것을 느낄 겨를이 없었다. 그것이 끝이 아니라, 점점 땅을 파고 들어가고 있었다. 오로지 어깨를 짓누르는 무시무시한 거력 탓이었다.

"으으, 어어어억!"

신룡대주 마도옥. 다른 신분으로 말하자면 무산일대 제일검객이라, 무곡검군(無哭劍君)이라고 불린다.

헌데, 그 무곡이라는 이름이 무색하게 지금 소리가 터져 나오고 말았다. 마도옥은 입을 한껏 벌린 채, 굳었다. 이내, 꺽꺽거리며 질린 소리가 겨우 흘렀다. 소명이 대관절 무슨 수를 쓴 것인지 알아보는 사람이 없었다.

부대주와 남은 조장, 그리고 정예들은 아연실색하였는데, 그렇다고 달리 손을 쓸 수도 없는 노릇이었다. 당하는 사람은 직속상관이다. 그런데 가하는 사람은 무조건 보필하라 명을 받은 대상이 아닌가.

"어, 어어."

문득 멍청한 소리가 새었다. 특히 부대주인 마량은 난처함이 더욱 솔직했다.

보필해야 할 천룡대공자에게 감히 손을 쓸 수도 없고, 손을 쓴다고 상황이 달라질 것도 딱히 없어 보인다. 뭐라 하여도 천하 고수의 반열에 최연소로 당당히 올라선 사람이 아닌가.

본가에서 보인 신위 또한 기억하는 바이니.

"부, 부대주. 어찌해야."

당황한 조장들이 마량을 돌아본다. 그러자 마량은 고민

하기를 관두고 곧 고개를 끄덕였다.

"저 일은 대주께서 알아서 감당하실 일이다. 우린 우리 일을 해야지. 자자, 집중하라고."

"으, 냉정도 하십니다."

"어허, 어서. 지금 대공……자께서 홍천의 유민을 챙기라 하지 않으셨더냐. 시간을 지체하면 지체하는 만큼 일은 더 꼬여간다."

마량은 그러고는 다시 지도를 펼쳤다. 지금 있는 곳을 먼저 확인하고서, 한 곳을 짚었다. 그곳은 천룡세가가 관장하고 있는 지역 중 하나였다.

가문을 따르는 분가, 혹은 수하들을 돕기 위해서 여러 준비를 해두고는 하는데. 이곳도 그런 지역 중 하나였다.

"이곳이라면 거리도 가까운 편이고, 지리적으로도 상당히 은밀하지. 어떻게 생각하나?"

"음, 부대주 말씀대로군요. 아무리 천천히 움직여도 사흘이면 도착하겠습니다."

"부상자나 환자를 생각하더라도 가능한 거리겠어요."

"좋아, 이곳으로 하지. 일조장은 앞서간 두 조장과 함께 홍천 유민을 이곳으로 호위하도록. 오조장은 앞서서 맞이할 채비를 갖추는 것으로 하고. 인원이 상당하겠지만, 그래도 고생 좀 하게."

"그러죠, 그러죠."

마량이 말끔하게 정리하니, 조장들도 순순히 따랐다. 상황도 그렇지만, 그들도 잘 알고 있었다.

저기 권야는 굳이 천룡대공자라는 신분이 아니더라도, 신룡대 조장 몇 정도로는 상대할 엄두조차 나지 않는다. 그만한 격차가 선명했다.

그들은 아직 꺽꺽거리는 대주는 내버려 두고서, 서로 머리를 맞대고 몇 마디를 쑥덕거리다가 바로 움직였다. 흩어지는 그들 모습은 일사불란하여, 실로 정예라 할 수 있었다.

홍천교의 어린 교주. 홍산아.

이제는 교라는 것을 버리고, 교주라는 것도 떨쳐냈지만, 그래도 홍천의 유민들은 그를 각별하게 여겼다.

얻고자 한다고 쉬이 얻을 수 없고, 끊어내려 한다고 쉽게 끊어낼 수 없는 것이 인심(人心)이 아니겠나.

홍산아는 또한 여기 유민들에게 적잖은 책임감을 지니고 있었다. 그렇기에 거침없이 다가서는 신룡대를 경계하지 않을 도리가 없었다. 신룡대라고 밝힌 그들은 구릉 아래에서 아직 힘겨운 유민들을 빠르게 단속했다.

머릿수를 먼저 파악하고, 환자나 부상자는 없는지 확인

하는 일이었다.

'이들은 대체……?'

홍산아가 비록 다른 실권이 없는 처지로 이름만 교주라고 하나, 자리는 있어서 홍천교에 든 이런저런 고수들이나, 군세를 보았다. 하지만 지금 신룡대와 같지 않았다.

신광 어린 눈매와 차분한 몸가짐, 그럼에도 은근한 기파를 두르고 있다. 어디에 이런 자들이 있다는 말인가.

옷자락 끝에 새긴 구름 문양, 그 끝에는 용 꼬리인지가 살짝 드러나 있다. 말하자면 운중용문(雲中龍紋)이라 하겠다. 이런 문양을 상징으로 삼은 곳이 어디인지.

홍산아는 잠시 고민했지만, 아무래도 모를 일이었다. 다만 깊이 고민할 틈도 없이 또 다른 신룡대의 무리가 다가왔다. 구릉을 넘은 그들은 먼저 한쪽에서 하는 양을 지켜보고 있는 위지백에게 먼저 다가갔다.

"신룡대 일조장, 관창이라 합니다. 위지 가주를 뵙습니다."

"음, 가만 보니. 내 안면이 좀 있는 듯한데."

"기억하시는군요. 그때에는 신세 좀 졌습니다."

눈앞까지 포권을 취한 일조장 관창은 싱긋 웃었다. 솔직한 신분에 다른 어려움은 없었다.

"흐하하하."

위지백은 홍소를 터뜨렸다. 그 웃음이 호탕하다. 장관풍과 도기영이 유민들 사이에서 불쑥 고개를 내밀었다. 그러다가 웃는 관창의 모습을 보고는 동시에 어어, 놀란 소리를 내었다.

"당신이 여기 어찌?"

"하하, 두 분도 여기서 뵙는군요."

일조장, 그는 천룡세가에서 한번 손을 나눈 바가 있는 중천조였다. 본가를 지키는 중천조라는 것은 평소 신분이었고, 다른 신분으로는 신룡대라는 것이니.

그때와는 또 다른 모습이 아닌가.

"어찌, 어찌 이겼다고 여겼더니. 젠장."

더 말할 것도 없겠다. 도기영은 절로 입술을 삐죽거렸다. 당시에는 중천조장이었고, 지금은 신룡대 일조장으로 여기 있는 것이니.

그러자 관창은 쓴웃음을 지었다.

"그때나, 지금이나. 겨우 한 끗 차이이니. 그런 걸로 씁쓸해하면, 본인은 어쩌라는 거요. 젊은 도객."

"크, 크흠. 도기영입니다."

치기 어린 속내가 읽힌 셈이라, 도기영은 그만 얼굴을 붉혔다. 멋쩍은 얼굴로 고개 숙여 서로 통성명을 하고 나서, 관창은 아직 어리둥절한 채, 계속 경계하는 홍천 유민들을 둘러보았다.

"음, 이 정도 인원이라면 어찌 가능하겠군."

선뜻 고개를 끄덕였다.

"무엇이 가능하다는 말씀이신지요?"

"음? 여기 소형제께서는?"

"본인은 홍⋯⋯."

홍산아는 성큼 나섰다가, 그만 말문이 턱하고 막혔다. 머릿속으로 오만 생각이 스쳤다. 내내 고민하였지만, 아직 답을 내지 못한 물음이다. 자신은 무엇인가.

그것도 잠깐, 홍산아는 한숨을 꿀꺽 삼켰다. 그리고 관창을 마주하여 두 손을 맞잡았다.

"저는 홍산아라고 하는 어린 녀석입니다."

교주라는 이름을 떼어냈다. 그 모습에 홍천 유민들이 웅성거렸다. 사뭇 기이한 상황이지만, 관창은 굳이 따져 묻지는 않았다.

"그렇군. 홍 소형제. 너무 경계하지 마시게. 명을 받기로, 여기 모든 분을 안전한 곳으로 인도하라 하시었네. 마침 멀지 않은 곳에 본가가 관할하는 땅이 있으니. 그곳까지 호위하려 하네."

"안전한 곳⋯⋯. 헌데, 본가라고 하시면."

"하, 하하하."

본가라고 하면 대체 어디를 말하는 것인지, 당연히 의아해한다. 그러나 관창은 한번 웃기만 했다. 곧 고개를 돌려서 주변 유민들을 둘러보았다.

"자자, 움직이지요. 걷기 어려운 사람은 없소? 없다고? 좋군. 가는 길이 마냥 편하지는 않을 것이니, 힘든 지경이 오면 사양할 것 없이 말씀 주시구려."

관창과 신룡대는 바로 움직였다. 그들은 홍천 사람들을 기꺼이 거들었다.

위지백은 무광도를 품에 안고서는 그런 모습을 흘깃 보았다.

"역시나, 일 처리 하나는 시원하구만. 아니, 그런데 저기 저놈은 왜 저러고 있는 거야?"

위지백은 고개를 한번 갸웃거렸다. 제법 거리가 있기는 했지만, 그래도 보는 데에 어려울 것은 없었다.

소명이 딱 보기에도 한 덩치를 하는 사내 하나를 붙들고서 어디 목인형이라도 다루듯이 했다. 손을 쓸 적마다, 사내는 꽥 소리를 하고서는 어김없이 흙바닥에 처박혔다. 그러기를 한두 번이 아니니. 저게 뭐 하는 것인지는 도통 모를 일이다.

위지백은 묘한 눈으로 그걸 보다가, 그만 고개를 흔들었다.

"에라, 어디 내 알 바냐."

소명과 위지백, 그리고 홍천 유민들이 천룡의 신룡대와 조우하였을 그 무렵, 성도에서 몰아치는 격전은 한층 뜨겁고, 더욱 뜨겁게 용솟음쳤다.

가장 뜨거운 곳에, 호충인이 있었다.

단순히 무림의 고수로서 여기 있는 것이 아니었다. 중원 강호에서도 가히 으뜸으로 손꼽는 소림파, 그 이름을 대표한다고 할 수 있는 등용문의 문자가 가장 앞에 있는 것이다.

"이들에게 자비는 필요 없다! 한 놈도 살려두지 마라!"

중후한 공력이 실린 일성이 맹호의 울음처럼 쩌렁쩌렁 울려 퍼졌다.

사교의 광기도 이들 앞에서는 아무런 소용이 없었다.

땅을 흔드는 동시에, 호충인은 그야말로 비호처럼 날았다. 날개를 단 맹호, 등천비호군의 무명이 솔직하게 드러났다.

덮쳐들 때마다 하나, 둘이 아니라, 한 무리가 뒤엉켜서 나가떨어졌다. 그러고는 다시 일어나는 자는 없었다.

꿈틀거리다가, 결국 핏물을 왈칵 토해내는 것으로 명이 다했다. 호충인은 흐으으……길게 숨을 밀어냈다. 정광 어린 두 눈에는 한 점의 흐림이 없었다.

피아를 분간할 수 없을 만큼 한껏 뒤섞인 난전, 거기서는 분명 호충인과 등용문, 그리고 소림파의 무인들이 가장 특출했다.

사천련 중에서도 가장 빠르게 홍천의 군세를 돌파하여서, 성도에 이르렀다. 호충인은 어지럽게 꽂혀 있는 홍천의 깃발을 냅다 걷어찼다.

"쯧!"

지키는 사람이 없으니, 깃발은 맥없이 흙바닥을 굴렀다. 그걸 보더니 호충인은 곧 고개를 돌렸다.

"붉은 깃발은 모조리 넘어뜨려라!"

꼴도 보기 싫다. 호충인을 따라서 붉은 군세를 그대로 가로지른 하남 무림인들은 헉헉, 숨을 몰아쉬면서도 고개를 끄덕였다.

호충인은 땀과 피로 흠뻑 젖어버린 이마께를 대충 훔쳐냈다. 후드득 떨어지는 핏방울이 짙기도 하였다. 이마뿐만이 아니었다. 온통 피로 젖어서, 혈인이 되었다고 할 만했다.

늘어뜨린 두 주먹에는 맺힌 핏물이 뚝뚝 떨어지고, 하얀 뼛조각이 섞여 있기도 했다.

지친 숨을 내뱉는 것도 잠깐, 호충인은 형형한 안광을 발하면서 전장 구석구석을 노려보았다. 어찌 되었든 주공은 사천 무인들의 몫이다.

"문주, 이제부터 어찌하면 좋을지."

"자리를 지킨다."

"더 손 쓰지 않고요?"

"이만하면 차고 넘칠 정도로 힘을 썼지. 여기서 더 나아
갔다가는 끝 맛이 씁쓸할 터."

호충인은 팔짱을 꼈다. 이미 전열은 무너졌고, 저기를
압도하는 상황이었다. 괜히 나서서 공을 탐하는 듯한 모습
을 보일 것 없었다.

나름 일문의 주인으로 관록을 내비치는 모습이다.

넌지시 물었던 수하는 고개를 끄덕였다. 아닌 게 아니
라, 그들도 지쳐서 숨 돌릴 틈이 필요했다.

"이러니저러니 해도, 참 끔찍한 일입니다. 얕은 생각이
기는 합니다만, 하남에서도 이런 참상이 벌어질 뻔한 것이
니. 새삼 아찔하군요."

"음."

탄식하듯 내뱉었다. 호충인도 무거운 얼굴로 고개를 끄
덕였다.

하남에서도 마도의 수작에 큰 피를 보지 않았던가. 굳이
차이가 있다면, 발호가 이루어지기 전에 먼저 손을 썼다는
것 정도일까. 때를 놓쳤다면, 지금 성도에서 벌어진 참상
못지않은 혈사가 일어났을 터였다.

착잡한 마음이 노도처럼 일었다.

아직 치열한 전장의 복판이지만, 적어도 호충인이 선두로, 하남 무림인들이 치워버린 북벽 일대만큼은 죽음만 남아서 고요할 따름이었다.

다 꺾어버린 붉은 깃발 사이에서, 하남의 무림인들은 형형한 눈으로 전장을 바라보았다.

몰아라!

달려라!

감숙 정병은 무엇보다 집단을 가르고, 몰아붙이는 데에 있어서 압도적이라고 할 수 있었다. 거침이 없었다. 질주하는 기마가 무리를 가로지르면, 뒤따르는 창병이 바로 벽을 세웠다.

흩어져 버린 집단은 더는 위험이 되지 않는다.

그것을 막아내고, 지켜내는 것이 지휘관의 임무이고, 역량이라 하겠지만, 그만한 자는 아무도 남아 있지 않았다. 결국, 우왕좌왕하다가, 죽어 나갈 뿐이었다.

아무리 대단한 무인이라 하여도, 수천 정병이 갖추는 군진을 비견할 수는 없었다.

군세를 가르고, 포위하여서 짓눌러버렸다.

그들은 조금도 용서가 없었다. 무엇보다 선두에서 그들

을 이끄는 것은 황자였다.

십삼황자가 뒤에서 지휘만 하고 있는 것도 아니고, 자신들과 함께 말 달리는 판이다. 어찌 전력을 내지 않을 수가 있겠는가.

감숙 변방에서 칼바람을 맞으며 백전을 이겨온 정병이었다. 그중에서도 가장 정예라고 할 수 있는 것이, 감천방이 이끄는 백귀군이니.

시원하게 몰아붙여서는 삽시간에 에워쌌다. 퇴로가 있으나, 그것은 곧 죽을 장소로 더욱 빨리 등 떠밀 뿐이었다.

피에 담뿍 젖은 전포를 뒤로 걷어내고서, 십삼황자 이청은 고개를 들었다.

날이 이제 어둑어둑했다. 목불인견의 참상을 차마 보지 못하겠는지. 하늘에는 먹구름이 빠르게 밀려들었다.

이청이 어두운 하늘을 잠시 올려다보고 있을 즈음에, 급한 발소리가 가까이 왔다.

거지 하나, 개방의 사천 분타주 백결호 오문이다.

"성문이 열렸습니다. 태자 저하. 남은 개방 형제들이 호응하오니, 명을 내려주십시오."

달려온 오문은 바로 피에 젖은 흙탕 속에 한쪽 무릎을 꿇고서 두 손을 맞잡았다.

"하아, 너무 많은 피를 보았소."

"……."

이청은 지친 듯 한숨을 흘렸다. 안타까움이 절절 흐르는 모습이었다. 피에 젖은 금갑이 이리 안쓰러울 수가 있을까.

오문도 갑갑하기는 마찬가지였다. 이런 선택밖에 없었을까마는. 둘러보니 이제 상황은 얼추 마무리되어 가는 중이었다.

이쪽에서는 감숙병이 저쪽에서는 사천련이, 또 저쪽에서는 당민이 이끄는 일군의 무인들이.

셋으로 갈라져서는 죽고 죽이니, 성도 주변에는 피와 죽음이 내려서 지친 숨만 흐를 따름이라.

이청은 고개를 흔들고서, 고개 숙인 오군에게 말했다.

"개방 협사들께서는 피아를 가리지 말고, 부상자들을 모두 수습토록 해주시오."

"그리하겠습니다."

오군은 더욱 고개를 숙이고서, 바로 물러났다. 철퍽, 철퍽, 고인 핏물을 밟는 소리가 울렸다.

이청은 착잡함이 가득한 채, 다시금 주변을 둘러보았다.

우르릉, 우르릉.

고인 먹구름 사이에서 새삼 천둥이 울렸다. 한바탕 쏟아질 모양이었다. 그래, 차라리 비라도 내려서 고인 핏물이라도 죄 씻어냈으면.

이청은 얌전히 서 있는 전마를 다독이며 자리를 옮겼다.

영광이라고는 조금도 찾을 길 없는 승전이다. 착잡한 것은 잠시에 불과했다. 피에 젖은 진창을 따라서 지나는데, 이청의 눈초리는 투구 아래에서 파랗게 빛났다.

이러한 참상을 만들어 놓은 홍천교도 물론이지만, 그에 빌붙은 자들, 모른 척 눈 감은 자들. 무엇보다 마땅히 할 일을 하지 않은 자들.

그 모두에 대한 분노가 고요하게 일었다.

"결코, 결단코."

고삐를 쥔 손에 우드득 힘이 잔뜩 들어갔다. 분노에 몸을 떠는 데, 불현듯 눈을 돌렸다. 역한 피 냄새로 후각이 모두 사라진 듯한 가운데, 한 줄기의 익숙한 향기가 코끝을 파고들었다.

딱딱하게 굳은 얼굴이 한순간이나마 바로 풀어졌다.

이청은 고개를 돌렸다.

피에 담뿍 젖어버린 가운데에, 별빛처럼 반짝이는 눈동자, 당민이 어깨를 늘어뜨린 채, 자신을 보고 있었다.

"아민."

"이청."

이때만큼은 두 사람 모두, 아수라의 살기를 흩어내고서 한없이 그윽한 눈빛을 주고받았다.

살기와 사기가 요동치는 곳이라지만, 그래도 두 사람에게는 아무래도 좋았다. 그리 오래지도 않아서, 고작해야 촌각에 지나지 않으려나, 둘은 눈빛만으로 서로에 대한 염려한 마음을 주고받았다.

'무사해서 다행이다.'

'따로 소식이라도 전해줄 일이지.'

그리고 둘은 서로 다른 길로 성도로 들어섰다.

이청이 군을 이끌고 처리해야 할 곳이 있듯이, 당민은 당가인으로 살펴야 할 곳이 따로 있었다.

사교를 몰아냈다고 해서, 모든 것이 끝나는 것이 아니었다.

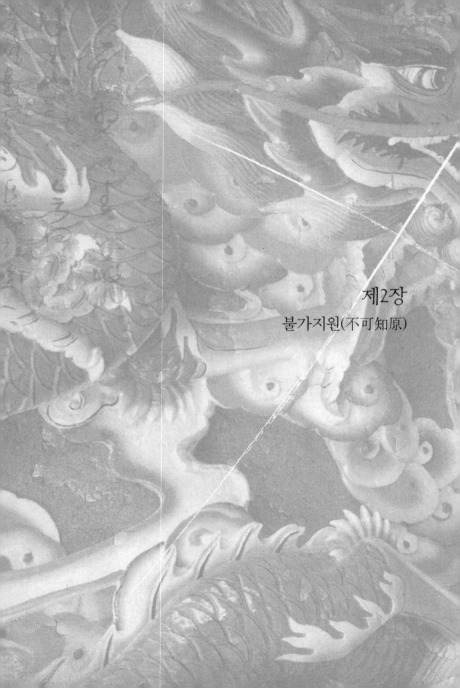

제2장
불가지원(不可知原)

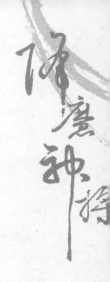

성도 성벽, 누란의 세월 속에서 버텨온 고성은 본래 모습을 다 잃었다. 불탄 흔적이 역력하고, 곧 허물어질 듯 위태한 곳 또한 여럿이었다.

성벽 위로는 다른 곳이 아니라 감숙 군의 깃발이 줄지어 펄럭였다. 백귀군을 뜻한 백자가 선명했다. 아무리 사천 무림이 모였다고 한들, 군에 앞서서 깃발을 세울 수는 없는 노릇이었다.

홍천의 군세는 일망타진했다.

살아남은 자는 아무도 없었다. 위로, 아래로 모조리 소탕했다. 내빼려는 수뇌 또한 단 하나도 놓치지 않았다.

대군장이라는 자는 청성의 검에 목을 잃었고, 아래에 따르는 여러 군장은 당가의 암기가 빼곡하게 틀어박힌 채, 피 웅덩이에 버려졌다.

처음에는 대단한 용력을 발휘하여서, 일거에 수 명을 상대하기도 했지만, 잠시에 불과했다. 그들의 용력은 오래가지 않았다.

빠르게 힘을 잃었고, 이내 두 손을 늘어뜨리고 있다가 목이 달아났다. 끝에 그들은 영문 모를 소리만 울부짖었다.

"홍천이 우리를 버렸다!"

"대사령이 우리를 버리고 말았어!"

영문 모를 울부짖음, 그렇다고 사정을 보아줄 일은 전혀 없었다. 단숨에 목을 날렸고, 사지를 갈라버렸다.

사천련에서도 그러하나, 뛰어든 감숙 정병들 역시 무자비하면서도 효율적으로 내달렸다. 군문의 교범이라 할 수 있겠다.

이후, 사천의 개방도가 사방을 뛰어다니면서 부상자를 발 빠르게 챙긴 덕분에 목숨 구한 이도 여럿이었다.

수일의 대치가 날 저물 즈음에 비로소 일단락이 났으니. 이것을 완전한 끝이라고 할 수는 없겠으나, 적어도 그날

밤만큼은 성도 일대가 고요했다.

밤이 한참 늦은 때에, 몸을 쉴 수 있는 사람이 있는 만큼, 그렇지 못한 사람도 있기 마련이었다.

이만한 큰일이다. 마땅히 사후로 처리해야 할 일은 산처럼 쌓일 수밖에 없었다. 그간 마비되어 있었던 행정은 물론이고, 일대의 정리, 희생자들을 분류하는 등.

열거하자면 끝도 없을 무수한 일이 있었고, 계속해서 일이 일어나고 있었다. 그러나 막상 일을 처리해야 할 성도의 관리는 죄 도망하여서 흩어졌고, 아무에게나 맡길 수도 없는 일이라. 그것은 또다시 큰일이었다.

결국, 전부 떠맡을 수밖에 없는 것은 싫든 좋든, 십삼황자가 될 수밖에 없었다.

체제를 갖추는 데에 시간이 필요하다. 그 부재를 대신할 수 있는 것은 무력일 수밖에 없었다.

감숙 백귀군은 여전히 병장기를 놓지 않은 채, 밤늦은 시간에도 흉흉한 눈빛으로 성도 일대를 순찰했다. 혹여 반심을 품은 자나, 홍천의 잔당이 있을지 모를 일이다.

특히 홍천교의 모략에 죽다 살아난 감천방은 더욱 단호했다. 갑옷에 맺힌 핏방울을 닦아낼 생각도 않고, 형형한 안광으로 자리를 지켰다.

감숙군 중에서도 손꼽는 것이 바로 여기 있는 백귀군이

다. 그들이 자칫 홍천교의 수족으로 전락하였을지도 모르는 최악의 상황이 있었으니.

홍천교의 어린 교주, 그리고 개방 사천 분타주 오문의 도움이 아니었다면 어찌 되었을지.

잠깐 생각하는 것만으로도 감천방은 속에서 천불이 솟구쳤다. 아직 전장의 열기가 가라앉지 않기도 하였지만, 감천방은 치뜬 눈에 불길을 품은 채, 어둠 짙어가는 성도의 고요함을 꿰뚫을 것처럼 노려보았다.

그렇다고 분노에 눈이 멀지는 않았다.

약간의 소홀함도 없이 휘하를 단속하면서, 성도 일대를 단단히 틀어쥐었다.

"감 장군."

"오, 장 천호."

장군검 한 자루를 옆에 세우고서 잠든 성도를 지켜보는 참이다. 문득 다가오는 젊은 장수가 있다.

십삼황자의 수족으로 금군 장수 중 최연소라고 하는 천호 장벽군이다. 그는 감천방 앞에 군례와 함께 고개를 숙였다. 처음에는 불편하게 마주했지만, 지금은 감천방도 어느 정도 인정하는 바였다.

"전하께서 백귀군의 피해를 알아보라 하시었습니다."

"이런, 직접 가서 보고해야 할 일인 것을."

"지금 보고한다고 한 사람이라도 빠지면, 성도가 멈춰 버립니다. 그런 말씀 마십시오."

장벽군은 바로 고개를 흔들었다.

"음, 오문 분타주가 발 빠르게 손을 써준 덕분에 피해는 적었소. 사망은 열다섯 정도. 물론 중상을 입은 자들이 일백은 넘어가기는 하지만, 적어도 불구 된 이는 없으니. 이만하면 대승이라 할 만하겠지."

"그렇군요."

감천방은 애써 밝게 말했다. 수치로만 말하면 확실히 대승이겠다.

배가 뭔가, 몇 배에 이르는 사교 무리를 소탕하는 데에 있어서 죽은 자가 몇 되지 않는다는 것은 실로 놀라운 일일 뿐만 아니라, 당장 공세의 최선두에 섰던 십삼황자의 무용이 큰 역할을 했다고 할 수 있었다.

감천방은 새삼 감탄한 기색이기도 했다. 그 눈길은 사뭇 익숙한 눈빛이라, 장벽군은 쓴웃음을 지었다.

"응? 장 천호는 어찌 그런 눈인가?"

"아니, 아닙니다. 하하."

장벽군은 바로 고개를 흔들었다. 웃음으로 무마하고서, 그는 곧 안색을 굳혔다.

"그보다, 장군."

"응, 다른 일이 있으시오?"

"예, 멀리 나가 있던 개방 제자가 급히 소식을 알려왔습니다."

"개방의?"

"사천군이 이쪽으로 오고 있다 합니다."

사천군이라.

사천의 군병이 성도로 오고 있다. 언뜻 듣기에는 이상할 것이 없겠으나, 본래에 군의 이동은 허투루 가능한 일이 아니었다. 평시가 아닌 지금이라면 더욱 수상한 일이다.

감천방은 눈을 가늘게 뜨고 있다가, 느릿느릿 고개를 끄덕였다.

"그렇군. 백귀군도 준비하도록 하겠소."

"예, 장군. 저희 또한."

장벽군은 다시 한번 군례를 갖추고서, 빠르게 물러섰다.

날이 하얗게 밝아왔다.

성도 밖은 수많은 시체를 다 처리하지 못한 탓에 연기가 곳곳에서 솟구치고 있었다. 성도 안은 비록 색이 크게 바래었지만, 안도함으로 고요했다.

일대를 아우르는 감숙의 정병들이 있어서 그렇기도 하겠지만, 무엇보다도 크게 지친 탓이 더욱 컸다. 심신 일체가 힘겨웠다.

그런 성도로 멈춰 있던 일체의 물자가 빠르게 몰려들었다. 마치 기다렸다는 듯이 바로 들어서는 것은 대관절 누구의 수완인지 모를 일이었다.

십삼황자는 마치 알고 있었다는 것처럼 그 물자를 그대로 받아들였다. 성도의 수만 백성이 모여들어서, 식량을 배분받기도 하고, 진맥을 받기도 했다.

그 모두가 십삼황자와 감숙 정병의 관할 속에서 이루어졌다.

성도를 가로지르는 큰길, 천부대로(天府大路)를 중심으로, 곳곳마다 백귀군 정병이 오열을 단단히 갖추고서 오가고 있었다. 행정이 미비한 와중이니, 혹시나 있을 말썽을 대비하기 위함이다.

"군기는 엄정하고, 정병의 눈에 살기는 흐림이 없다. 말 그대로 강병이군."

그들을 보면서 감탄하는 한마디가 솔직하다.

말 꺼낸 사내는 굳건한 기세를 지닌 검은 장삼인이었다. 걷어 올린 장삼 소매로 드러난 팔뚝은 강철처럼 단단했다. 그는 팔짱을 낀 채, 어느 장원의 이층 난간에 우두커니 서 있었다. 아래로 대로를 오가면서 경계하는 감숙 백귀군을 신중하게 보았다.

등용문의 젊은 문주, 호충인이다.

등천비호군이라는 무명과 더불어서, 하남 무림계에서 첫째, 둘째로 손꼽는 천하의 권사가 바로 그였다. 그런 호충인이지만, 얼굴에는 피로가 짙었다.

지옥 같은 일전을 끝내고서 고작 하루가 지났을 뿐이다. 심정적으로나, 체력적으로나 크게 지쳤으니. 그와 함께 일전을 치러냈던 등용문이나, 하남 소림파의 무인들은 병석에 눕다시피 하여 골골대는 마당이었다.

어디 보통 일이었던가.

그래도 호충인은 팔짱 낀 채, 누각의 난간에 슬쩍 걸터앉았다.

아는 만큼 보인다고 하였던가.

호충인은 백귀군을 한낱 군졸이라고 가볍게 여기지 않았다. 오히려 정병의 무서움을 헤아릴 수 있었다.

개개인의 무공을 따지자면 일천하기 이를 데가 없다. 호충인은 감히 백귀군을 전부를 거푸 상대한다면 얼마든지 제압할 수 있을 것이다. 그러나 전장과 집단전을 생각한다면 바로 고개를 가로저을 수밖에 없다.

무림의 무, 군부의 무.

둘은 같으면서도 다른 까닭이다. 호충인은 진지한 눈으

로 성도를 돌고 있는 백귀군을 지켜보았다.

엄정한 정병들 모습을 물끄러미 보고 있으려니, 불쑥 그림자 하나가 등 뒤에서 불쑥 솟았다.

호충인은 굳이 돌아보지 않았다.

"감숙에 있는 군병은 또 어찌 구한 거야? 수완 한번 기가 막히는군."

"글쎄, 그것까지야."

그림자는 말끝을 흐렸다. 아무리 그라도 앉은 자리에서 천여 리를 내다볼 수도 없는 노릇이 아닌가.

기천에 가까운 정예의 군세가 느닷없이 사천 복판에 등장하였는데, 그것을 아무도 알지 못하고 있었다니. 군의 이동이다. 그것이 어디 어지간한 준비로 가능한 일이겠나.

아니, 가능하고 아니하고의 문제가 아니다. 자칫 역모로 몰려도 할 말이 없는 일이었다.

아닌 말로, 누가 있어서 저런 일을 벌일 수 있겠나.

호충인은 곧 묘한 눈길로 뒤를 돌아보았다. 말끝을 흐리는 그는 당민이다. 녹면 없이 편한 복장으로 뒷짐을 지고 있었다. 어째 머쓱한 기색이라고 괜스레 목을 한껏 내뺐다.

"거참."

저들이 있어서 압도적인 우위를 유지하면서 피해를 줄였

고, 확실하게 뿌리까지 뽑아냈다. 감숙병의 일은 그렇다고 하자. 호충인은 더 말 꺼내지 않고, 곧 고개를 돌렸다.

"하기야 놀랍기는, 감숙병보다 여기가 더 놀랍기는 한 일이지."

호충인의 눈길을 따라서, 당민도 눈을 돌렸다. 그도 크게 공감하는 일이었다.

"음, 그도 그래. 설마하니 천룡, 천룡이라니."

두 사람 머리 위에는 천룡세가를 뜻하는 삼각기가 길게 펄럭거리고 있었다. 그저 하나의 깃발이라고 하겠지만, 무림계에 주는 의미는 절대 간단치 않았다.

지금 그들이 있는 성도의 대저택은 궁가대원(宮家大院)이라, 묵빛으로 빛나는 현판이 걸려 있었다. 이곳이 설마하니 천룡의 재산 중 하나일 줄이야.

군에서도 이곳은 문제 삼지 않았다. 오히려 십삼황자의 친위 몇이 이곳을 찾아오기까지 했다. 사전에 따로 얘기되어 있는 것인지도 모를 일이다.

여러 이유도, 사정도 있지만, 천룡세가 측에서 선뜻 저택의 한쪽을 내어준 덕분에, 사천련을 비롯한 무림 인사들이 이곳에 거할 수 있었다.

그 수는 물론이거니와, 부상자도 가볍지 않았건만, 궁가대원은 그 전부를 한 번에 수용하고도 참으로 드넓었다.

내원은커녕, 외원의 전각 중에 이 층의 누각을 하나 내어
주는 것만으로도 충분할 지경이었다.

그럼에도 천룡 측에서는 환자는 물론, 아미파를 배려하
여서 다른 전각을 따로 마련했다. 배려가 놀랍다고 해야
할지, 규모가 대단하다고 해야 할지.

이는 사천련, 특히 사천삼세에게는 다행한 일이었다.

청성과 아미는 몇몇 속가제자가 있는 정도라서, 따로 신
세를 질 수 있는 장소가 없었고, 당가의 경우에는 북조류
의 은거지가 있지만, 그곳은 말 그대로 은거지라서 외부에
공개할 만한 곳이 아니었다.

적어도 성도 내부에는 마땅한 장소가 없는 상황이었다.

군이 주도하는 상황이 아니라면 어찌 저택 하나를 구하
지 못할까마는 지금 같은 상황에서는 경거망동하지 않는
것이 으뜸이 아니겠나.

불감청(不敢請)이언정 고소원(固所願)이라더니. 지금 사
천 무인들에게는 딱 그런 상황이었다.

사정을 알 만하여서 당민은 쓴웃음을 지었다.

"그건 그렇고, 천룡이 깃발을 앞세워서 직접 나선다니.
무가련도 아니고. 저게 대체 몇 년 만이라지?"

"적어도 우리 대에 있었던 일은 아니지. 당가주는 물론
이고, 청성과 아미의 두 장문인도 크게 당황해서 어찌할

바를 몰라 하지 않아."

사천련의 수장이라고 하지만, 그래도 집주인 앞에서는 도리가 없는 일이기도 하다.

이곳을 관리하는 자가 천룡세가에서 어느 정도 자리에 있는지, 거기까지는 알 도리가 없었지만, 솔직하게 털어놓자면 별반 관심을 두지도 않았다.

천룡세가, 혹은 천룡궁가.

당민은 가만히 고개를 끄덕이다가 퍼뜩 눈을 돌렸다. 일문의 주인이라면 여기 이 사람도 그렇지 않은가.

"그러는 너는?"

"응? 나? 하하, 나야 뭐. 그냥 도우러 온 사람인데, 뭘 굳이 저런 자리까지. 핫핫핫."

속 편한 소리 한다.

호충인은 가만히 웃었다. 단지 그 때문만은 아니었다. 저기 하남에서 사천까지. 아무리 서둘렀다고 한들, 이렇듯 시기를 딱 맞추어내기란 쉽지 않은 일이다. 아니, 불가능이라 하겠다. 나라의 파발이라도 못할 거리였고, 길이다.

그런데 그것이 가능케 한 것은 바로 천룡의 수룡기에 있었다.

호충인은 수룡기의 도움을 받아서, 빠르게 사천에 든 것이었다. 이미 구면이라 하겠다.

"다른 건 모르겠지만, 소명 녀석을 통한 것이니까. 딱히 의심할 것도 없고 말이지."

"……그래, 소명. 그 녀석."

당민은 지그시 입술을 깨물었다. 연이어 크나큰 도움을 받았다. 당연하다고 말하겠지만, 그래도 고마운 것은 고마운 것 아니겠나.

앞에 있는 이 녀석도 그렇고.

"여하간, 일단 일은 마무리가 되었다고 보아도 좋겠지?"

"흠, 그렇지."

소명이 어찌하였을지가 아직 확실치 않아 걱정이기는 하였으나. 적어도 금사강을 넘어서 사천을 도모하였던 홍천의 군세는 완전히 분쇄하였다.

그것만은 분명한 일이었다.

일단은 만족하고 넘어가는 미덕도 보여야 하지 않겠나.

다만, 걱정은 이후의 일이었다.

"마도 것들……. 사천을 도모한 것은 분명한데. 이것을 두고 실패라 여길지, 아니면 성과를 거두었다고 여길지."

"그건 또 무슨 소리야?"

"마도 놈들, 도대체가 목적을 짐작할 수가 없단 말이지. 단순한 패권을 노리는 게 아닌 듯하니. 지금 사천의 일만

하여도 그래. 기왕에 사천을 도모하려거든, 홍천교라는 사교만 앞세울 것이 아니라, 다른 마인을 더욱 끌어들였다면 일이 어찌 되었겠느냐 말이야."

호충인은 사뭇 불편한 기색으로 중얼거렸다. 제법 정곡을 찌르는 말이다. 본래에 미력한 홍천교를 군이 공들여서 키워냈고, 채 여물지도 않은 교세를 크게 일으켰다.

삼세의 균형으로 안정되어 있던 사천 무림이 그것만으로도 크게 흔들렸을 뿐만 아니라, 변란이라 할 정도로 큰 소란을 일으키지 않았던가.

더한 일을 할 수도 있었을 터인데.

결국에는 성도 앞에서 시간을 다 잡아먹고는 이리 지리멸렬하였으니. 그 꿍꿍이가 더욱 의심스러울 따름이다.

당민은 미간을 바짝 모았다. 잠시 젖혀두었던 고민이 다시 고개를 든 것이다. 미간에 팬 골이 깊었다. 홍천의 사교 뒤에는 마도가 있다. 그것은 분명한 일인데, 아직도 의도를 파악하지 못했다는 것은 또 다른 불안이라 하겠다.

"흐음."

"하아."

당민과 호충인은 누가 먼저랄 것도 없이, 복잡한 심경을 담뿍 담아낸 한숨을 푹 내뱉었다. 그런데 불현듯 조용하였던 대로의 끝에서부터 무언가 소란이 일어나기 시작했다.

고민 속에서 난간에 기대어 있던 둘은 동시에 고개를 돌렸다.

"뭐야, 저거?"

아닌 게 아니라, 진즉 대로를 돌면서 경계하고 있던 감숙군이 발 빠르게 움직였다. 그네들은 당황하는 기색이 전혀 아니었다. 그리고 오래지 않아서, 중앙 천부대로를 통해서 보란 듯이 들어서는 무리가 있었다.

사천의 깃발을 높이 세우고서, 보무도 당당하게 들어서는 일군이었다. 멀리서 보기에는 무슨 승전을 알리기라도 하는 것처럼 당당했다.

호충인은 눈썹을 바짝 치켜들고서, 높이 세운 깃발을 빤히 올려다보았다. 사천의 군기, 바로 사천군이다. 이제껏 어디에 처박혀 있었던가.

사천의 군병들은 먼지를 뽀얗게 뒤집어쓰고 있었지만, 단지 그뿐이었다. 일전을 벌이고 돌아온 군병으로는 보이지 않았다.

"그래, 이제야 등장하시는군."

당민은 싸늘한 어조로 내뱉었다. 경멸이 솔직한 한 마디였다.

한바탕 비라도 쏟아지려는가, 새벽 나절부터 동남쪽에서

맺히는 먹장구름이 서서히 흘러와 성도 하늘을 뒤덮었다. 음울한 잿빛 하늘을 향해서, 사천의 군기가 높이 펄럭였다.

다른 때라면 위용이라 할 수 있을지도 모르겠다. 그러나 성도 백성, 그리고 사천 무림인들에게 성도로 들어서는 사천병은 한심한 작자들에 지나지 않았다.

내내 모습을 감추었다가, 일을 모두 마무리한 지금에야 나타났으니.

"저, 저 빌어먹을 것들!"

"호로자식들 같으니!"

"퉤이! 어디 뻔뻔하게 얼굴을 들고 있어!"

성도 백성들은 가는 길을 멈추고서, 들어서는 군병을 무섭게 노려보았다. 불현듯 험한 욕지거리가 튀어나왔다. 바닥에 침을 뱉는 자들도 적지 않았다.

평소라면 감히 고개도 들지 못하였을 행차였지만, 지금은 그 누구도 고개 숙이지 않았다. 보는 눈초리는 남녀노소가 따로 없었고, 어디의 누구라도 다를 게 없었다. 칼날처럼 날카롭고, 불만이 가득했다. 그런 눈초리가 수천에 이르는 상황이었다. 대로를 따라서 보란 듯이 걷는 모습이 어이없을 지경이 아니겠나.

백성의 따가운 눈초리를 먼저 감지한 것은 역시나 일반 병사들이었다. 창과 칼을 앞세우기는 했지만, 자신들을 노려보고 있는 것은 새외의 적이나, 사교의 무리가 아니다.

성도의 백성이고, 그들의 이웃이기도 한 자들이었다.

'크흑!'

무슨 말을 할 수가 있을까. 아무리 군령을 말한다고 한들, 변명이라 할 수도 없을 것이니. 그들은 고개가 무거워서 하나, 둘 고개를 푹푹 숙이다가, 이내 전원이 고개를 숙인 채, 발걸음을 끌 듯이 겨우 걸었다.

답답하고 두려운 속에서, 성도를 가로지르는 행동은 그야말로 추호의 영광도 없는, 오욕의 길일 뿐이었다. 성문 밖에서 대기하고 있는 동료들이 부러울 지경이다.

그런 군병들 속내야 어떻든지 간에, 선두로 나가는 장수들은 멋대로 당당했다.

가장 앞에는 한 마리 백마가 느릿느릿 걸었다. 마상에 앉은 자는 비대한 몸을 유달리 화려한 갑주로 감싸고서, 파란 전포를 번거롭게 늘어뜨렸다. 먼지 한 톨이 묻어 있지 않았다.

혼자 위엄을 드러낸답시고, 살찐 턱을 치켜들었다.

사천 도지휘사사 엄경준이다.

사천의 군권을 쥐고 있는 그가, 이제야 등장했다.

성도가 포위되고, 민초가 그렇게 희생될 때에는 대관절 어디서 무엇을 하다가, 사교의 군세를 모두 짓밟고 태워버린 다음에야, 저렇게 요란을 부리면서 나타난다는 말인가.

의기양양한 사천 지휘도지사는 그런 수하들이나 성도 백성들 모습은 신경 쓰지도 않았다. 대로의 한가운데를 지나면서 그는 뽐내듯이 가슴을 활짝 폈다.

'아니, 이것들 봐라.'

이제야 주변의 눈초리를 깨달은 것이다. 좋은 기분을 확 망쳤다. 얼마 만에 뜻대로 일이 돌아가는 것인가. 이대로 성도를 잡고서, 일대를 어지럽힌 죄목으로 주변 무림인이라는 것들은 모조리 잡아들일 작정이다.

한데 성도 백성이라는 것이 감히 경배는 하지 못할망정, 험한 눈을 한 채, 노려보고만 있으니.

"구하러 온 사천의 정병에게 너무 무도한 태도가 아닌가. 이것들 혹여 사교와 다시 손을 잡기라도 하였는가?"

밖의 그 참상을 보고도 그딴 소리가 나온다는 말인가.

들으면 아연할 일을 참 잘도 떠든다. 가까이 있는 부관이라는 자는 헤헤, 간사한 웃음이나 흘리면서 연신 고개를 조아렸다.

"네, 네, 참으로 배은망덕한 일입니다요. 이참에 성도에서부터 싹 정리하시지요. 누가 사교의 주구일지 모르는 일이니. 그야말로 사천을 구하는 일이 아니겠습니까."

"그렇지, 그래. 허허. 자네는 내 마음을 잘 헤아리는구면."

엄경준은 다시 기분이 좋아져서 하하, 웃었다. 그것이 수하라는 자가 권할 소리인가. 라는 것은 차치하고 엄경준은 참으로 기꺼운 표정을 한 채 고개를 끄덕였다.

"흥, 아무리 무림인이라도 군에 대항할 수는 없는 것이지."

코웃음이 싸늘했다. 그런데 성도 관아 앞에 이르기 직전에 돌연 소리가 터져 나왔다. 쩌렁쩌렁 울리는 소리는 단숨에 대로 끝까지 치달았다.

"십삼황자 전하 납시오!"

"뭣?"

"십삼황자 전하 납시오!"

무슨 소리를 들었는가. 놀라서 되묻는 참에, 처음 외침을 받아 다시 좌우에서 연이어 외치기 시작했다.

"십삼황자 전하 납시오!"

"십삼황자 전하 납시오!"

목청껏 외쳤다. 대로 사이, 사이마다 어디의 군세인지, 삼엄한 군기가 빠르게 몰아쳤다. 부관들이 놀라 말머리를 돌려서 고개를 바짝 세웠다. 그러나 감히 대항할 틈도 주지 않았다. 순식간에 사천군을 가르고, 압도했다.

악다구니와 고함이 왕왕 울리다가, 빠르게 흩어졌다.

대로의 복판에서 엄경준은 크게 당황했다. 사방에서 쏟

아지는 것은 보이지 않는 살기와 군기였다. 이제야 정신을 차리고 보니, 대로 복판에서 사천군은 포위된 상태였다.

골목골목에서 튀어나오는 불명의 군병들이 빠르게 파고들어서, 사천군의 허리를 모두 끊어버렸다. 담장 위에 불쑥불쑥 솟구친 궁병이 일제히 활을 겨누었다.

촉이 시퍼렇게 빛났다.

"뭐냐! 이게 무슨 짓이냐!"

엄경준은 말 위에서 놀라 지휘봉을 마구 흔들었다. 그러나 홀로 내지르는 의미 없는 고함에 지나지 않았다. 그를 지켜야 할 호위들 또한 옴짝달싹할 수가 없는 상황이었다.

어디선가 들이닥친 무장들이 호위들을 죄 제압했다. 칼을 뽑을 틈조차 주지 않았다.

엄경준은 더 성질을 부리지 못했다.

모를 곳의 군사들, 그 너머에는 사천의 백성들이 있었는데, 이쪽을 보는 눈초리가 한없이 싸늘했다.

"이, 이이이…… 이……."

엄경준은 아직도 정신을 차리지 못했다. 말고삐를 틀어쥔 채, 잇소리만 연신 흘렸다. 머릿속이 삽시간에 헝클어졌다. 이것은 전혀 생각지도 못한 상황이었다.

오직 개선장군처럼 당당한 승전고를 울리는 것만 생각하고 있었다. 그런데 정작 마주하는 것은 수천에 이르는 자들의 적의와 분노뿐이지 않은가.

병사들은 이미 느끼고 있는 것을, 엄경준은 이제야 깨달았다. 그런 차에, 불현듯 성도 관아 문이 벌컥 열리고, 일군의 무리가 천천히 나섰다.

"억?"

엄경준은 저도 모르게 멍청한 소리를 흘렸다. 무엇을 잘못 본 게 아니라면 높이 세운 깃발에 꿈틀거리는 용의 문양은 분명 황실의 것이었다.

그뿐이랴, 깃발과 함께 호위하는 자들은 한눈에도 범상치 않은 젊은 장수들이었다. 자신처럼 금장으로 번쩍거리는 갑주를 걸쳤지만, 단순한 의전용이 아니었다.

그들은 날 듯이 가벼운 모습으로 앞에 섰다.

그때까지도, 엄경준은 말에 내리지도 않았고, 칼을 뽑지도 못했다. 그냥 멍청한 얼굴을 한 채, 하는 양을 물끄러미 보고만 있었다.

불현듯, 앞에 선 젊은 장수가 쩌렁쩌렁! 엄청난 목소리를 토해냈다.

"십삼황자께서 행차하셨다! 무릎 꿇지 않는 자는 누구의 신하이고, 누구의 병사이냐!"

말이 놀라서 뒷걸음질 칠 정도였다. 코앞에서 벼락이라도 치듯이 엄청난 목소리가 터졌다.

"으허허허!"

엄경준도 그러하나, 그 밑의 부관들은 부랴부랴 말에서 내리기는 하였다. 그들은 황자의 행차를 감히 의심할 수가 없었다. 그 사이에, 좌우에서 감숙군이 장수의 외침을 받아서, 일제히 외쳐댔다.

"십삼황자께서 행차하셨다!"

"모두 당장 무릎을 꿇어라!"

십삼황자의 영명과 그 위세는 이미 천하 만방에 알려진 바였다. 황위를 포기함으로써, 오히려 그보다 더한 권력을 손에 쥐었다고 할 수 있었다.

사천 도지휘사사라 하여도, 이때에 목을 세울 수는 없었다.

"이, 이 무슨, 이 무슨!"

황망함이 솔직하다. 그러나 여기에 다른 수단이 있는 것 또한 아니다. 사천의 정병은 다만 웅성거릴 뿐이었다. 비록 수는 적더라도 일제히 들이닥친 백귀군에게 예봉이 꺾인 마당이었다.

이때에 등장하는 십삼황자라니.

성밖에 수만 정병이 대기하고 있었지만, 목에 칼이 들어와 있는데, 밖에 수만의 정병이 아니라, 십만인들, 백만인들 무슨 소용이 있겠나.

주저할 사이에, 감천방이 성큼 나섰다. 그는 피가 말라 붙은 전포를 펄럭이면서 힘주어 다그쳤다.

"정히 역모를 저지를 셈인가! 당장 무릎 꿇지 못할까!"

쩌렁, 일성이 크게 울렸다. 황자의 행차 앞에서 누가 고개를 빳빳이 세울 수가 있겠는가. 엄경준은 당장 장수의 쏟아지는 살기에 기겁해서 무릎을 꿇었다. 고개는 한껏 조아렸지만, 치뜬 눈초리는 정신없이 요동쳤다.

'어찌 된, 대체 어찌 된 일이냐! 대체!'

십삼황자는 황명을 받아서, 남경으로 내려갔다는 중앙의 소식을 들은 바가 있었다. 소식이 오가는 시간을 생각하여도 채 한 달이 되지 않았을 것인데. 그런 십삼황자가 이곳에 친히 행차하다니. 머릿속으로 강한 불신이 일었다.

가짜, 가짜 황자가 아닐까.

엄경준의 생각은 급기야 끝으로 치달렸다. 그러지 아니하면 말이 되지 않는다.

고작 몇 호흡에 지나지 않는 짧은 순간이었지만, 엄경준은 스스로 확신했다. 진짜 십삼황자라면, 대관절 어디서 저런 군세를 끌고 왔겠나.

중앙에서 군을 몰아서 오려거든 당장 석 달이라는 시간이 있어도 한참 부족하다. 군의 이동이란 그런 것이다.

'그래, 가짜. 가짜다. 가짜가 틀림없어! 이놈들이 감히!'

엄경준은 이를 악물고 번쩍 고개를 치켜들었다.

사천 지휘절도사라. 사천일대를 한 손에 휘감고 있는 권력자인 자신이 그만 세 치 혀에 농락당하였다는 생각이 바로 들자마자, 당장 마음이 검게 물들었고, 진득한 살기마저 맺혔다.

험하게 일그러지는 눈매. 그러나 그것 또한 한순간에 불과할 뿐이었다.

호위들은 어느 틈엔가 좌우로 물러나 군례를 취한 채, 깊이 고개를 조아렸다. 그들 사이로 한 젊은 사내가 느릿하게 다가섰다.

황금의 갑주를 갖춘 그였다. 십삼황자 주이청.

그가 눈 아래로 자신을 보고 있었다. 고개를 치켜드는 순간, 눈이 딱 마주쳤다.

"……억……."

아무 소리도 나오지 않았다. 이것을 황자의 기풍이라 하지 않으면, 무엇을 말할 수가 있을까. 혀가 바로 굳어서, 감히 어쩌고 하는 말은 조금도 나오지 않았다.

"눈이 높구나."

"그, 그것이, 아니. 그것이……."

엄경준은 떠듬거릴 뿐으로, 제대로 예의를 갖추지도 못하였다. 진정으로 황자란 말인가.

황금의 갑주도 그러하나, 고요한 얼굴로 지그시 내려다보는 눈길이 천근의 무게로 엄경준을 짓눌렀다.

반항의 여력은 반푼도 남지 않았다. 엄경준은 저도 모르게 고개를 조아렸다. 이마를 바닥에 찧다시피 했다.

'끄, 끝났다.'

이마를 처박는 순간, 엄경준은 불현듯 정신이 들었다. 아픔은 느끼지도 못했다.

짓누르는 위엄을 어찌 여길 수가 있겠는가. 그리고 동시에 피할 수 없는 현실을 깨닫고 말았다.

"이, 이건……."

황실을 모독하는 정도에서 끝날 일이 아니다. 그야말로 구족을 멸할 역모를 범한 것이나 다름없다. 그 무게를 엄경준의 계산 빠른 머리가 바로 헤아렸다.

답은 나왔지만, 그 답을 타파할 방책은 전혀 없다.

거기서 멈춰 버렸다. 생각은 물론이고 어떤 동작도 할 수가 없었다.

감숙의 백귀군이 이미 포위한 상태이기도 할 뿐만 아니라, 사천병 또한 창칼을 서슴없이 던져 버리고 한참 뒤로 물러나 있었다.

그들 전부가 더는 엄경준을 따르지 않겠다고 말하는 것이나 다름없었다. 이쪽을 경멸 가득한 눈초리로 노려볼 따름이었다.

"이, 이이! 이놈들이 감히!"

"지금 반역이라도 하겠다는 거냐!"

엄경준 휘하의 백호 몇이 버럭버럭 소리를 높였지만, 귀 기울이는 자 아무도 없었다. 성에 못 이겨서 몇이 번쩍 칼을 뽑아 들었지만, 채 휘두를 틈도 없었다.

백귀군이 비호처럼 들이닥쳐서는 팔다리를 모조리 꺾어 버렸다.

"으악! 악!"

헛된 비명이 높이 올랐다.

엄경준은 벌벌 떨면서 그 모습을 보기만 할 뿐이지, 다른 무엇을 할 수가 없었다. 상황이 이렇게, 이렇게 되어서는 안 되는 일이다.

안 되는 일이지만.

힘 빠진 채, 두 손은 늘어뜨리고 허리는 뒤로 빠졌다. 엉거주춤한 모습, 초점 없는 눈은 자신을 향한 경멸 가득한 눈초리를 지나서 다시금 우뚝 서 있는 황자를 빤히 올려다보았다.

그 눈은 달랐다.

사람 아닌 사물을 대하는 것처럼 무감정한 눈이다. 엄경준은 그런 눈초리를 마주한 바가 있었다. 높은 단 위에서 만조백관을 가만히 둘러보던 용의 눈이다.

허어…….

무릎에서 그만 마지막 힘이 쭉 빠져나갔다. 그대로 자리에서 무너졌다.

"화, 황자시여……."

"끌고 가라. 추후 심문토록 하겠다."

"명!"

변명 들을 것도 없어라. 이청은 무너진 엄경준에게 더는 눈을 주지 않았다. 담담한 모습, 명을 받아서 백귀군이 발빠르게 움직였다.

마른 핏자국이 가득한 갑주가 덜그럭거리면서 울렸다. 그들은 엄경준은 물론, 아래의 부관들도 모조리 붙들었다. 이제 감히 반항하는 자는 아무도 없었다.

사천도지휘사사가 거침없이 제압당하고, 높이 들었던 군기는 바닥에 떨어졌다. 이후로도 일체 저항도 없었다. 사천의 군병은 스스로 무기를 버리고 무릎 꿇었다.

그런 상황을 성도 밖, 수 리 길에서 지켜보는 눈이 있었다.

앙상한 가지에도 하늘에 닿을 것처럼 높이 솟은 나무 한 그루, 그 끄트머리에 검은 연기가 한껏 고여 있었다.

검은 기운을 짙게 휘감고 있어, 자세히 보아도 사람 형상을 하고 있다고 보기는 어려웠다.

바람이 일 때마다 가지가 흔들거렸지만, 맺힌 기운은 그대로 머물러 있었다. 그곳에서 한 쌍의 안광이 가만히 일렁거렸다.

수 리에 이르는 거리를 무시하고, 성도 내부에서 일어나는 변화를 찬찬히 지켜보았다. 기운이 요동치고, 번뜩이던 안광이 착 가라앉았다.

"미련하고도 한심한 놈이로다. 그리 서두르라 하였거늘. 하기야 저것도 다 제 놈 복이고, 운명인 게지."

내뱉는 사람 목소리에는 불편한 속내가 그대로 드러났다. 쯧쯧, 혀를 차는데. 저 멀리서 끌려가고 있는 엄경준이 마냥 한심하기 때문이다.

그는 사천군을 겁박하여서, 성도를 다시 도모하도록 한 풍마였다. 아울러 이제껏 이름만 거론되었을 뿐, 좀체 모습을 드러낸 바가 없는 일사령이기도 했다.

기껏 길을 이끌어주었을 뿐만 아니라, 반항하는 아랫것들까지 남김없이 치워주었건만, 제대로 뭘 해보기도 전에 제압당해서는 저리 끌려간다.

한심하고 한심해서, 속이 뒤틀릴 지경이었다.

고목 높은 곳에서, 풍마는 고개를 흔들었다. 전신을 휘감은 검은 기운이 거짓말처럼 흩어지고, 청수한 중년 유생으로서 갖춘 신색이 드러났다.

그는 뒷짐을 진 채, 크게 한숨을 삼켰다.

이대로 물러나야 하려나. 사천에서의 안배는 다 끝나버린 마당이었다.

"그래, 어쩔 수 없다. 당가의 독을 약간 챙겨두었으니. 그것을 죄 풀어놓으면 어느 정도 성과는 있지 않겠나."

들인 공을 생각하면, 쉽게 포기하지는 못하겠다. 풍마가 고개 주억거리며 중얼거릴 새, 문득 끼어드는 목소리가 있었다.

"그래, 그런 속셈이시구려."

"뭣?"

속삭이는 듯한 목소리가, 나무 아래에서 가늘게 들렸다. 풍마는 상황을 알아보려 할 것도 없이, 바로 반응했다. 가지를 박차면서 아래를 향해 손을 긁었다.

흩어버린 검은 기운이 즉각 솟구쳤다. 전신의 모공을 통해서 분출하는 풍인마령(風人魔靈)의 마공기력이다. 그것은 풍마를 보호하는 것과 동시에, 검기처럼 예리한 경풍이 손끝에서 사납게 솟구쳤다.

쩌저적!

마른 가지가 거침없이 쪼개졌다. 그러나 아래에서 위로 솟구치는 굳센 검경이 조금 더 빨랐다. 마공기력의 조풍이 채 힘을 받기도 전에, 굵은 가지를 끊어내고 풍마를 덮쳤다.

검은 기운이 옷자락 잘려나가듯이 뚝 끊어졌다. 그래도 풍마의 육신은 크게 몸을 뒤집으면서 거리를 벌렸다. 풍마라는 명호가 괜한 것이 아니다.

바람을 부리듯 하니, 바람의 마귀라 하는 것 아니겠나.

풍인마령은 그 자체로 마도 최고의 보신경이라 할 만했다. 육신이 연기로 화하는 것처럼 보일 지경이다. 한 호흡이면 수십 리도 우습다. 그러나 급습한 자 또한 그렇게 녹록한 자가 아니었다.

가른 나무 조각의 파편을 뚫고서, 장신의 거한이 어울리는 대검을 회초리 부리듯이 휘둘렀다. 요동치는 검경은 전후좌우를 전혀 가리지 않고, 풍마가 나아갈 수 있는 전방위를 휘감았다.

연기로 모습을 뒤바꾸어 바람에 녹아든다고 할 정도였지만, 결국 육신은 거기에 있으니.

어흑!

두 눈에 맺힌 정광이 형형하다. 신룡대 대주 마도옥이었다. 열이 잔뜩 오른 얼굴을 하였는데, 그것은 단지 마인을 상대하기 때문이라고는 볼 수 없었다.

영문이야 어떻든, 마도옥은 거칠게 몰아치면서도, 쉬이 틈을 내어주지 않았다. 신룡대주의 검법 또한 집요했다.

소리보다 빠르기에 무곡검이라 한다.

상대를 베고 난 다음에야 검이 울기 때문이고, 상대에 앞서 막아서기 때문이다.

폭발하듯 솟구치는 검광이 아직 허공에 머물러 있는 풍마의 길을 모조리 차단했다. 바람조차 그 틈을 비집고 들어갈 수가 없다.

"이, 이놈!"

풍마는 더욱 요동쳤다. 선수를 빼앗겼다는 것, 그리고 아직 허공 중에 머무르고 있다는 것이, 그를 궁지로 몰아갔다. 공력마저 채 이어지지 못하니, 역습도 어렵다.

풍마에게는 날벼락이나 다름없는 상황, 정체 모를 검객은 자신이 있던 고목 가지를 발끝으로 딱 붙잡고서 연이어 검광을 흩뿌렸다.

검광이 스치고, 뒤늦게 가르는 소리가 울린다. 별것 아닌 차이겠지만, 그것이 겹치자 이목을 크게 어지럽혔다.

아직 방신기까지 어찌하지는 못했지만, 그것도 조만간일 게 분명했다.

'몸을 빼야 한다.'

풍마는 부상을 각오하고, 쌍장으로 그대로 내쳤다. 검객이 아니라, 전혀 엉뚱한 곳을 향해서였다.

장력이 다른 가지를 호되게 때리자, 가지를 붙들고 있던 검객의 신형이 잠시 요동쳤다. 그는 바로 공력을 발해 중심을 잡았지만, 풍마에게는 그 정도 틈으로 충분했다.

검객의 틈과 장력의 반발력을 빌어서, 풍마는 그대로 질주했다.

"큭!"

마도옥이 얼굴을 일그러뜨렸다, 설마하니 마도의 고수쯤 되는 자가 냅다 도망을 택할 줄이야. 그대로 줄행랑하니, 호흡 한 번 내쉴 틈도 없이 신형이 멀어졌다.

'됐다!'

쫓아오면, 쫓아오는 대로 상대하면 될 일.

풍마가 입가에 득의한 미소를 그릴 찰나, 손가락을 튕기는 가벼운 소리가 울렸다.

헉!

몸이 주춤 굳었다. 휘감은 마령의 검은 기운이 뻥 뚫렸다.

풍인마령, 그 자체가 꿰뚫린 것이나 다름없었다. 갈 길을 막고, 거죽을 가르는 것과는 전혀 다른 일이었다. 휘감은 연기가 일시에 흩어지고, 풍마는 뚝 떨어졌다.

그는 겨우 한 다리로 버티고 섰다. 우지끈하여 다른 쪽 무릎은 쇠망치에 크게 맞은 것처럼 엉뚱한 방향으로 크게 뒤틀려 있었다.

용케도 쓰러지지 않았지만, 그뿐이었다. 무슨 의미가 있겠나. 그는 망연한 눈으로 암습이 날아온 방향을 찾아 고개를 돌렸다. 그러나 누구의 솜씨인지 찾기도 전에, 뒤쫓은 검이 목을 파고들었다.

서걱!

둔탁한 소리가 울리고, 풍마의 시야에서 하늘과 땅이 뒤집어졌다.

목 잃은 마인의 육신은 천천히 뒤로 넘어갔다. 마도옥은 뒤에서 검을 거두었다. 그는 곧 한쪽을 향해서 공손하게 두 손을 맞잡았다.

"권야, 그래도 제압하는 편이 좋지 않았겠습니까?"

"성마의 진정한 권속이라면 오히려 제압할 필요가 없소. 주저하면 오히려 제 몸을 터뜨려서라도 같이 죽으려 들 자들이니. 자객 것들과 조금도 다를 바가 없다오."

무성한 수풀 사이에서 소명이 걸어 나왔다. 그는 차분한 걸음으로 다가오면서 중얼거렸다. 바닥을 뒹구는 풍마의 목을 보는데, 눈빛은 차가울 뿐이었다.

"이자가 당가의 독 운운하였사온데."

"독을 찾는 것은 만든 사람들이 알아서 하지 않겠소. 지금 일에 대해서만 언질을 주면 되겠지."

"예, 권야."

마도옥도 수긍하였는지, 바로 고개를 끄덕였다. 이제는

대공자 소리는 조금도 나오지 않는다. 그는 한껏 목을 움츠린 채, 소명의 뒤를 따랐다.

떠난 자리에, 목 잃은 마인의 육신만 널브러져 있었다.

* * *

풍마를 제거하고, 소명과 신룡대주는 바로 성도에 들었다. 낯선 외인이었지만, 크게 신경 쓰는 자는 없었다. 당장에 수만 사천군을 제압하는 일로 정신없는 상황이기도 했지만, 신룡대주는 성도 궁가대원의 사람이라는 확실한 신분이 있었다.

소명보다도 더 확실한 신분이라, 영 떨떠름할 수밖에 없었다. 하기야 지금 소명 꼴은 한참 수상했으니.

얼핏 보기에도 사람 꼴이 아니었다. 피에 말라붙은 꼴을 한 채, 벌써 며칠인가. 보는 것만으로 악취가 코를 찌를 듯했다. 시간이 원체 급하기도 하였을 뿐만 아니라, 옷가지를 살필 겨를도 없었으니.

여하간에 소명은 바로 궁가대원, 그곳에서도 가장 안쪽인 내당으로 들어섰다. 거기서 우선 몸을 씻는 데에만 반나절이 걸렸다.

한참 만에야, 소명은 비로소 멀끔한 모습으로 긴 숨을 돌렸다. 이 정도면 씻는 것도 일이었다.

"휘유."

쓸어넘긴 머리카락이 귀 뒤를 간질였다. 하도 엉망이어서, 끝을 잘라낼 수밖에 없었다. 궁가대원에는 솜씨 좋은 이가 여럿이었다.

뒤로 머리카락을 늘어뜨리고서, 그는 삼 층 누각의 큰 창에 기대어 앉았다. 아래를 보니, 성도 일대가 한눈에 들어왔다.

사천군 소란을 마무리하면서, 적어도 홍천에 관련한 악몽은 이제야 끝났다고 할 수 있겠다. 남은 것은 피폐한 백성을 돌보고, 문란해진 행정을 바로잡는 것 정도가 아니겠나.

여기서 보니, 성도는 새삼 시끌시끌했다.

사천 지휘도사사를 비롯해서 사천군을 모조리 제압하고 나니, 사람들은 비로소 세상이 바뀌었다는 것을 실감한 모양이었다. 더구나 십삼황자가 직접 명을 내렸을 뿐만 아니라, 사재를 내기까지 했다.

그리 마련한 축제의 자리였다.

술이며, 음식이 끊이지 않는다. 십삼황자가 이리 나섰는데, 소위 재력 있다 하는 자들 또한 어찌 거들지 않을 수가 있겠나.

당가가 먼저 가문의 창고를 열었고, 뒤이어서 상인이며, 상가 할 것 없이 찾아와서 쌀과 음식, 술을 더했다. 그런즉 피폐한 모습과는 별개로 날 저문 이때에 성도는 소란하고, 번잡했다.

불빛이 반짝였다.

수만에 이르는 인파가 크게 모였다. 새로운 날이 열린 것이나 다름없었다. 그들은 십삼황자와 황실을 크게 칭송했다. 저기서는 황제 폐하 만세를 외치고, 다른 쪽에서는 황자 전하 천세를 외치기도 했다.

사천련, 곧 사천 무림을 두고도 칭찬하는 소리가 작지 않았다.

소명은 축제가 한창인 대로를 묵묵히 지켜보았다. 참으로 다행한 일이다. 더 큰 피해를 보기 전에 마무리할 수 있었으니. 그러나 소명은 한 줄기 쓴웃음만 지었다.

마도, 성마교를 생각하면 아직 갑갑할 따름이었다. 사천에서 일어난 일은 그것들 속셈의 한 조각에 지나지 않을 터인지라. 앞날을 생각하면, 마냥 홀가분할 수는 없었다. 그런 참에 소명은 문득 피식 실소를 흘렸다.

"이런 때에 위지 녀석이 있으면 참 좋아했겠는데. 그놈도 참 복은 없군."

소명은 여기 없는 위지백을 떠올렸다. 그는 홍천 생존자들이 안전한 곳에 닿는 것까지 지켜보기로 한 터였다. 그가 없다는 건, 여기 성도 사람들에게는 다행한 일이겠다.

술을 물 마시듯이 아니라, 숨 쉬듯이 마셔대는 주귀(酒鬼)가 없으니, 술이 그렇게까지 부족하지 않을 것이다.

"대⋯⋯아니, 권야 공."

문득, 방문 앞에서 조심스러운 목소리가 들렸다. 소명은 창밖을 내다보다가, 고개를 돌렸다.

"소천룡들께서 오시었나?"

"예, 그렇습니다."

"음."

소명은 일어나, 한쪽에 걸쳐 놓은 장삼을 챙겨 들었다. 방문 앞에서는 신룡대주 마도옥이 한층 공손한 모습으로 어깨를 움츠리고 있었다.

눈을 연신 끔뻑거리면서, 소명의 눈치를 열심히 보는 모습이었다. 그것도 다 호되고도 뜨거운 대화 덕분이겠다. 마도옥은 곧 장원의 중정으로 부랴부랴 안내했다.

자리에 이르니, 그곳은 소천룡의 깃발이 양쪽에서 같이 펄럭였다.

"소명 공."

"권⋯⋯야⋯⋯."

두 소천룡은 소명 모습을 보자마자 일단 자리에서 일어났다. 누가 집주인인지 모르겠다만, 둘의 표정은 서로 복잡했다.

회는 환하게 웃으면서도 어려운 기색이라고 하면, 과는 솔직하게 얼굴을 잔뜩 구겨서 불만이 많았다.

천룡에게 자초지종을 직접 들었다. 그뿐인가, 여기 사천으로 등 떠밀리듯 오게 되었으니. 소천룡의 둘이 같이 움직이는 일이라니, 전대미문이라 해도 과언이 아니다.

그 또한 눈앞에 있는 소명의 안위 때문이라는 것이 한참 분명했다.

말로는 사천의 안위라고 하지만, 소천룡 둘이 직접 나서는 것뿐만 아니라, 수룡기에 신룡대까지 움직였다. 단순하게 과하다고 하는 정도를 훌쩍 뛰어넘는 수준이었다.

소천룡 하나만 움직여도, 능히 일성을 제압하고도 남는다.

무력을 단순하게 수치로만 말할 수는 없겠지만, 배보다 배꼽이 더 큰 것만은 분명했다.

둘의 속내야 어떻든.

"여러 어려움이 있었지만, 천룡의 도움으로 사천이 평안하였으니. 다행입니다."

"하, 하하."

소명이 먼저 공수하자, 마주하는 회와 과는 어색한 웃음만 흘렸다. 다른 반응을 할 수가 없었다. 지난 일이야 어떻든, 관계가 한참 애매하기 때문이었다.

어찌 대하면 좋을지 모르겠으니.

소명은 두 형제의 속내를 짐작하면서도 별 내색 하지 않았다. 다른 말 없이 마련한 자리에 마주 앉았다.

밝힌 불빛은 드넓은 대전을 고루 밝혔다. 어색한 침묵은 잠깐이었다. 소명이 먼저 물었다.

"현재 상황은 어떠한 것 같습니까? 급히 성도로 돌아온다고 딱히 귀 기울일 틈이 없었습니다."

"황자께서 영명하시더군요. 따르는 자들도 유능하여서, 고생은 분명 크겠지만, 성도가 안정을 되찾는 것은 시간문제라고 할 수 있겠습니다."

회가 차분하게 답했다. 그는 과에 비하여서 빠르게 마음을 다잡은 셈이었다. 그리고 지금 하는 말은 그냥 하는 덕담이 아니었다.

황자의 동정을, 그리고 성도의 상황을 빠르게 파악한 것이다. 천룡의 눈과 귀는 어디에나 있으니.

소명은 고개를 끄덕였다. 말마따나, 이청이 고생할 수밖에 없는 상황이었다. 사람 손이 부족하다는 것이 무엇보다 제일 힘든 일이겠다. 사천련에서 거들 수도 있겠지만, 그것은 오히려 후환을 남기는 일일 터이니.

소명은 친우의 고생길을 듣고서 쓴웃음과 함께 고개를 흔들었다.

"이런, 이런."

그러고는 곧 사천 밖의 이런저런 상황에 대해서 얘기를 나누었다. 소명이 사천으로 뛰어들고서 그리 오랜 시간이 흘렀다고는 할 수 없지만, 마도의 음험한 수작은 이곳저곳에서 동시다발적으로 벌어지는 와중이었으니.

천룡이 직접 나섰으니, 무가련 또한 가만히 있을 수가 있겠나. 특히 오대세가는 문을 활짝 열었다. 이제까지는 그저 소소한 갈등으로 여겼던 모든 일들에서, 마도의 수작을 의심할 수밖에 없으니, 오히려 늦은 바가 있다고 하겠다.

그것은 중원 무림에 크나큰 태풍이 발생한 셈이었다. 그런 내막을, 회가 차분하게 설명했다.

"하북도 그러하나…… 남궁세가의 피해가 가볍지 않다고 하더군요."

"그렇습니까. 잘 마무리를 하였다 들었는데."

"흠, 후계 문제를 마도가 비집고 들어간 모양입니다."

"후계라?"

소명은 퍼뜩 고개를 들었다. 불현듯 떠오르는 얼굴이 있었다. 무가련 후기지수의 회합이 있을 적에 당민과 함께 있었던, 남궁세가의 젊은 공자였다.

얼굴이 가물거리기는 하였는데, 제법 재지 넘치고 사리를 아는 자였다. 관중검 남궁유라 하였던가.

"본래에 소가주가 외부 세력을 등에 업고서 일을 벌인 모양입니다."

"그 외부가, 마도라는 것이군요."

"……."

회는 고개를 끄덕였다. 떠오르는 동생의 영향력을 무시하지 못한 것이다.

이미 소가주로서 단단히 자리를 잡았음에도, 동생에 대한 견제를 거두지 못하였다니. 그만큼 세가주라는 자리가 가치가 있는 것인가. 아니면 관중검이 빠르게 성장하였던 것일까. 어느 쪽이든 모를 일이다.

소명은 지그시 입술을 말아 물었다. 황산이 가까운 남궁세가였다. 안휘와 호남은 물론, 광동에까지 그 영향이 닿아 있었다.

"남궁세가라."

"그 일로, 황산의 산그늘에 숨어든 마도의 한 무리를 모조리 섬멸할 수 있었다고 합니다만……."

"피해가 적지 않았군요."

"네, 남궁세가에서 자랑하는 삼대호천검단(三大呼天劍團) 중 하나가…… 전멸이라 하더군요."

마도를 가볍게 생각한 것은 아니지만, 실로 상당한 피해였다. 그것은 못해도 십수 년에 이르는 적공(積功)을 깡그리 잃은 것이나 다름없었다.

소림사와 비교하자면, 나한당의 한 배분이 그대로 사라진 것과 다름이 없었다.

소명은 눈썹을 바짝 모았다.

"남궁세가에서는 이후로 어찌하겠답니까?"

"아직 소식은 듣지 못했습니다만, 그래도 큰 기둥 중 하나가 뽑혀나간 마당입니다. 잠시 숨을 골라야 하지 않겠습니까?"

회는 조심스럽게 예측했다.

마도와 승계 다툼으로 인한 피해가 아무래도 생각 이상이었다. 복수를 택하든, 내실을 기하든, 쉽지 않은 결정이될 터였다. 그러자 옆에서 코웃음이 흘렀다.

"헹!"

내내 조용하던 과였다.

한쪽 무릎을 끌어올린 채, 사뭇 건들거리는 모습이었다. 얼굴이 벌겋게 달아 있는데, 가까이 밝혀놓은 등잔불 때문은 아니었다.

자리에 마련한 몫의 술병이 텅텅 비어 있었다. 뾰족하게 할 말은 없고, 자리는 불편하여서, 그저 술이나 찾았을 뿐이었다.

몇 마디 대화가 이어질 때에, 마련한 술을 다 비우고서, 과는 반쯤은 감긴 눈으로 소명과 회를 번갈아 보았다.

눈빛이 아무래도 혼탁하여서, 사뭇 불량한 기색이었다.

"그러니까, 형은 우두머리가 되어서는 안 되는 거요. 이런 때에 내실은 무슨. 내실 따지다가 본래 마당도 다 잃고 말 거요. 여세가 다하기 전에 몰아붙여야지."

"그도 그렇구나."

회는 고개를 끄덕였다. 불만이 가득하여서, 과는 마치 시비라도 거는 것처럼 보였지만, 그렇다고 회가 불편할 것은 없었다.

비록, 혀 꼬인 목소리라 하더라도, 과가 하는 말도 일리가 있었다. 과는 벌떡 일어났다. 거칠게 일어나는 통에, 앞에 둔 상이 엎어졌다.

덜그럭 소리가 요란했다.

"어허, 이런."

회는 그만 눈살을 찌푸렸다. 다른 것보다 소명 앞에서 이런 취한 모습을 보이는 것은 아무래도 그냥 넘어가기 어려운 일이 아니겠나. 그러나 과는 찌푸린 회의 눈빛이야 어떻든 버럭 소리쳤다.

"여봐! 권야!"

소명은 턱을 치켜들었다. 담담한 얼굴이다. 무슨 추태를 보여도 전혀 흔들림이 없을 얼굴이다. 과는 이를 꽉 악물고서, 한껏 달아오른 눈초리로 소명을 쏘아보았다.

취기가 잔뜩 오른 것은 알겠다. 다만, 취할 리가 없는 사람이 저리 취한 것이 이상할 뿐이다.

"말씀하시구려. 과 소천룡."

"체헷, 소천룡은 개뿔……."

과는 피식 웃어버리면서, 어깨를 크게 들썩거렸다. 그저 자조만 가득했다. 과는 이내 맹한 눈으로 고개를 비틀었다.

"도대체 당신 뭐야?"

"……"

참 앞뒤가 없는 소리이겠지만, 소명은 자리에 버티고 서 있는 과를 물끄러미 들여다보았다. 그 속내를 어렵지 않게 짐작할 수 있었다.

보이는 것보다 더욱 속은 뒤틀리고, 분노가 치밀어 오를 터였다.

두 소천룡에게 자신은 굴러 들어온 돌이나 다름없었다. 그러나 그것은 자신이 어찌할 수도 없는 일이 아니겠는가.

"후우, 뭐 할 말이 없구려. 뭐냐고 묻는다면, 그저 소림 속가, 소명이라고밖에는."

소명은 언성 높이는 다그침에 쓴웃음을 그렸다. 그래,

소림 속가 소명. 그것이 자신이다. 그러나 소천룡 과는 그 답에 폭발하고 말았다.

"그딴 걸 묻는 게 아니잖아!"

꽝!

냅다 발을 굴렀다. 서슬에 바닥이 내려앉았다. 터진 굉음이 크게 울려서, 기둥이 좌우로 흔들리고, 드높은 천장이 내려앉을 것처럼 요동쳤다.

이것은 가만히 보고 있을 수가 없는 일이다. 선을 넘어도, 과하게 넘지 않았나. 회는 바로 공력을 발하여서, 요동치는 건물을 다잡았다.

흔들림이 한순간에 멈췄다. 그러고는 회는 자리에 벌떡 일어나 크게 다그쳤다.

"과, 네놈! 이게 무슨 무례냐!"

"무례는 무슨!"

과는 지지 않고 재차 소리쳤다. 짜증, 아니 울분을 토해내는 것이나 다름없었다. 그는 번쩍 눈을 치떴다. 한껏 치솟은 취기는 싹 사라졌다.

형형한 안광이 소명을 직시했다.

눈빛 하나로 꿰뚫을 듯했다. 그러나 소명은 담담할 따름이었다. 자리에 앉은 채, 허리를 세우고, 날카로운 눈빛을 그대로 맞이했다.

"왜냐, 대체 왜 마다한 거냐! 천룡께서 네놈을 바로 후대로 두려 하지 않았느냐!"

"뭐, 비슷한 말씀을 하시기는 하더군."

소명은 대강 고개를 끄덕였다. 확실히 천룡은 자신에게 자신의 다음을 떠넘기려 들었다. 그것 하나로 속내를 거듭 드러내지 않았던가. 그러나 소명에게는 꽤 귀찮고 번잡스러운 관심에 지나지 않았다.

일견 성의 없는 모습이다.

"천룡을, 본가를 무시하는 거냐, 네놈!"

"무시라고 말한다면. 그럴 수도 있겠네."

"뭣!"

소명은 눈썹을 들썩거리면서 고개를 끄덕였다. 동시에 말투는 물론이고, 앉은 모습이 어딘지 달라졌다. 짧은 변화, 그것을 과는 미처 눈치채지 못했다.

회도 마찬가지, 그는 과가 발하는 기세를 억누르기에 급급했다.

그때, 소명은 슬쩍 턱을 비틀었다.

"이봐, 과 소천룡."

소명은 슬쩍 턱을 비틀었다. 그러자 에워싸고 소명을 짓누르던 무극류의 기세가 왈칵 흩어졌다. 원체 자연스럽게 일어난 일이라서, 과가 스스로 기세를 거둔 것처럼 보일 정도였다.

회는 과의 기파가 더 펴져 나가지 않도록 제지하고 있던 터였다. 갑작스러운 기운의 공백에 그만 어깨가 크게 흔들렸다.

"흡!"

당황해 고개를 치켜들었다.

공백은 잠깐이었고, 그 자리를 빠르게 차지하는 또 다른 기운이 있었다.

과는 고개를 뒤로 빼면서 몸을 뒤로 젖혔다.

어깨가 무거워지고, 드리운 그림자가 서서히 일어나 자신을 압박하기 시작했다. 이것은 단순한 내공 경지로 말할 것이 아니다.

"이 사람은 그래도 소림사의 용문제자이고, 부족하나 권야라고 불리는 처지. 천룡의 이름이 드높은 것은 알겠지만, 그것으로 이 사람을 강제할 수는 없는 것 아니겠나."

천천히 말했다.

자리를 밀어내고 일어난 소명은 하얀 눈으로 과를 짓눌렀다. 과는 입을 굳게 다물었다. 핏발 선 눈으로 일어난 소명을 노려보았다.

키는 비슷하려나, 드리운 존재감에서는 이미 압도되고 말았다. 오래 버틸 것도 없었다. 과는 어깨를 늘어뜨렸다. 그 또한 성질에 못 이겨서 울컥했을 뿐이다.

과는 억눌린 한숨을 푹 내뱉었다.

"흐. 그렇지. 당신도 서 있는 곳이 따로 있었지."

음울함이 가득했다. 휘청하는 몸을 돌렸다. 떨쳐냈던 술기운을 다시 빨아들이기라도 하였는지, 얼굴이 불콰하게 달아올랐다.

"빌어먹을. 흥을 깨서 미안하군. 나는 그만 돌아가 보겠소. 권야. 지금의 일은 잊어주시구려."

과는 굳이 돌아보지 않았다. 그저 손가락을 간단하게 까딱였을 뿐이었다. 자리를 뜨는 모습을, 소명은 고요한 눈으로, 회는 복잡한 눈으로 바라보았다.

"어찌 사죄드리면 좋을지."

"사죄는 무슨. 그런 말씀 마시오. 두 분 소천룡께 이 사람은 굴러들어온 돌이나 다름없는 불청객이 아니겠소."

"불청객이라. 그래도 그렇게까지는 말할 수 없는 일입니다."

과는 차분하여서 고개를 흔들었다. 그리고 새삼 곧은 눈으로 서 있는 소명을 직시했다.

"망산에서, 작은어머니의 묘를 찾았지요."

"작은……어머니."

"한참 어린 시절이지만, 그분께서 베풀어준 작은 사랑은 아직도 기억하고 있다오."

소명은 입을 다물었다. 자신은 태어나기 전의 일이었다. 천룡과 천룡대부인에게 자세한 얘기를 듣기에, 워낙에 심란이 요동쳤기에, 애초에 마주하고 있을 상황이 아니었다.

지금 회는 한참 어린 시절이기는 하였어도, 기억을 가만히 되짚었다.

소명도 이것은 뭐라 만류하지 않았다. 그저 조용히 귀기울이면서 고개만 끄덕였다. 당찬 여인이라고만 들었던, 모친, 그러나 지금 회는, 다른 의미로 모친의 큰 사랑을 말하고 있었다.

회는 말하고, 소명은 들었다. 그렇게 밤이 한참 깊어만 갔다. 동틀 무렵이 되었을 때에, 두 소천룡은 조용히 왔던 것처럼 조용히 떠나갔다.

회와 과, 두 사람은 천룡에게 맡은 바가 따로였기에, 성도 밖에서 흩어졌다. 소천룡의 깃발이 갈라져서 멀어지는 모습으로, 소명은 물끄러미 지켜보았다.

*   *   *

피폐한 성도를 위로하는 한밤의 축제는 끝났다. 이제 죽은 자의 넋을 돌볼 차례인 셈이었다. 적어도 그 일에는 적아(敵我)의 구분이 무의미했다.

성도의 밖에서 넋을 기리는 진혼(鎭魂)의 자리를 성대하게 마련했다. 불타는 시신들, 그 앞에는 금란가사를 단정하게 걸친 아미 승인들이, 다른 쪽에서는 득라의 청성 도인들이 줄지어 섰다.

그렇게 각자의 방식으로 죽은 자의 넋을 한참 위로했다.

그 한곳에는 방갓을 벗은 소신니 장우빙이 있었다. 무릎을 꿇고 가슴 앞에 합장한 손이 잘게 떨렸다. 꼭 감은 눈꼬리에는 눈물방울이 그렁그렁 맺혔다.

하늘에 닿기라도 할 듯이, 불길은 높고 또 높았다.

"이제부터는 어찌 될 것 같나?"

넌지시 묻는 목소리에는 상황에 대한 걱정이 솔직했다. 이제 대부분 어려운 일은 끝난 마당이겠다만, 무엇을 걱정하는 것인지, 목소리는 잘게 떨렸다.

묻는 것은 풍양자였고, 듣는 것은 당민이었다.

"글쎄. 적어도 내부에서 감당해야 할 일이 아니겠나."

"흠."

풍양자는 입을 다물고서 사뭇 못마땅한 얼굴로 입술을 삐죽였다.

"그건 그렇지. 내부에서 먼저 감당할 일이기는 하지. 무엇보다 누구인지도 모르는 상태이고."

풍양자는 그러면서 고개를 기울였다. 섞인 비구니 사이

에서, 장우빙의 속발이 유독 눈에 들어왔다. 그래도 며칠 함께 하였다고, 장우빙에 대하여서 각별하게 여겨지는 것은 어쩔 수가 없겠다.

풍양자는 은밀히 당민에게 물었다.

"어찌 받아들이던가?"

"무작정 부정하지는 않던걸."

"후우, 그게 더 걱정이군."

"그러게나 말이야."

당민은 쓴웃음을 그리면서 응수했다. 아미의 일이었고, 아미의 다음일지도 모르는 소신니였다. 말하는 것도 고민, 말하지 않는 것도 고민인 일이었다.

마땅한 도리로 전하기는 하였지만, 부담인 것은 어쩔 수가 없었다.

내부에 대한 문제였다. 외인이 섣부르게 의심하는 것도 어려운 일이었다. 그러나 지금 이렇게 된 마당에, 마냥 모른 척할 수도 없었다.

"그래도 때를 노린다면 지금밖에 없을 것이야."

"음. 그래, 보통의 후환이라고 할 수는 없을 터이니."

당민은 입을 굳게 다물었다. 풍양자도 편치 않은 기색으로 눈을 가늘게 떴다. 와중에 문득 장우빙이 고개를 돌렸다. 그는 당민과 풍양자를 용케 찾아서 눈을 마주치고는 문득 입꼬리를 끌어올렸다.

참으로 처연한 미소였다. 그러나 한 줄의 미소로, 두 사람은 장우빙이 뜻을 세웠음을 알 수 있었다.

진혼제라 하기에는 마냥 조촐하고 부족했지만, 그래도 설법을 통하여서, 성도의 백성과 죽은 자들을 위로한 마당이었다.

아미파 장문인, 망진사태는 처소로 돌아왔다. 진혼제 와중에도 내내 흔들림이 없었지만, 궁가대원에서 마련해준 독방에 들어서기가 무섭게, 지친 한숨이 흘렀다.

"하아, 이런, 이런."

땀이 송골송골하게 맺혀 있었다. 신열이 오르는 탓인지, 노비구니의 얼굴은 발그레하였다. 지친 기색으로 방 한가운데에 놓아둔 좌구에 앉아서는 어깨를 축 늘어뜨렸다.

장문인으로서 산사(山寺)를 이렇게까지 오래 비운 것은 좀체 없는 일이다.

오늘의 진혼제까지, 이제 속세에서 더 할 일은 없을 터였다. 천하 마도에 대한 걱정도 물론이었지만, 우선은 다른 여력이 없는 상황이라 하겠으니.

목에 건 아미장문의 신물, 천불천주(千佛千珠)를 가만히 매만졌다.

본래에 정심의 효능을 지닌 천불주였다.

천 개에 이르는 염주 알 하나, 하나가 정향목을 다듬었고, 공력을 들여서 천수경을 새겨넣었다.

구세제민(救世濟民), 그것이 관음의 진의일진대.

망진사태는 목에 건 천불주를 벗어서는 그저 자리에 내려놓았다. 더는 목에 걸고 있을 수가 없었다. 답답한 속내가 고스란히 드러나서, 다시금 한숨을 무겁게 내뱉었다.

방은 조용했다. 바깥도 조용했다. 아무런 인적도 다가오지 않았다. 홀로 있고 싶다 하여서, 주변 모두를 물린 까닭이었다.

망진사태는 새삼 허리를 세우고서, 귀를 쫑긋 세웠다. 모두 물러나 있으라 하였지만, 그래도 혹시 모를 일이라.

잠시 집중하여서는 사방 수십여 장에 있는 모든 기척을 살폈다. 따로 이쪽을 향해 다가오는 것도, 지켜보는 것도 없음을 확인했다. 그제야 고개를 끄덕이며 자리에서 일어났다.

망진사태는 마련한 대야에 물을 부었다. 세안이라도 하려는 모양인가 싶었으나, 사태는 전혀 다른 일을 했다. 손을 몇 가지 모양으로 맺었다.

보기에는 수인인데, 불가에서 전하는 수인의 모양이 아니었다.

"하늘 밖의 아득한 분이시여. 지금 모습을 드러내시어, 비천한 종에게 뜻을 전하여 주소서."

그러자 청동 대야에 가득 담은 물결이 아무것도 없는 절로 일렁거리기 시작했다. 급기야 물결은 한쪽으로 빙빙 돌았다. 사태는 수인을 맺은 채, 더욱 집중했다.

지금은 다른 수단을 쓸 수가 없었다. 어느 순간, 방 안이 급작스럽게 얼음장처럼 싸늘하게 가라앉았다. 일체의 온기를 빼앗긴 것처럼 차가웠다.

집중한 망진사태의 눈썹에 점점 하얀 서리가 맺히는 듯했다.

"흐으……."

벌인 입술 사이로 하얀 김이 치솟았다. 그 순간이었다.

"어인 일인가. 족장도, 풍마도 아닌 자네가. 직접 소식을 전해오다니."

탁한 목소리가 울렸다. 인세의 목소리가 아닌 것처럼 탁하고, 음울한 목소리. 그제야 망진사태는 감은 눈을 번쩍 치떴다. 다시 눈을 뜬 망진사태의 동공은 아미 장문인으로서, 아니 불제자의 눈으로는 볼 수가 없었다.

동공의 흑백이 그대로 뒤바뀌었다.

검은자위에 한 점의 백안이 맺혀 있었다.

"홍천이 무너졌습니다. 홍혈족장이 모습을 드러내지 못

하였습니다. 풍마께서도 소식이 없으니. 대계를 미처 이루지 못하고 무너진 것으로 보입니다."

"홍혈족장에 풍마까지? 흐음. 그것은 안타까운 일이군. 사천의 대계도 중요하나, 그들 둘도 중요한 사람이거늘."

탁한 목소리는 지금의 보고를 탓하기보다는 장로의 안위를 안타깝게 여겼다.

"비복이 같이 있지 못하여서."

"아니, 자네를 탓할 일은 아니지. 자네에게는 또 자네의 대업이 있는 것이니. 다만, 안타깝군."

"예, 현사."

"그래도 아주 실패라 할 수는 없지. 홍천의 도움으로 대계는 크게 앞당겨진 셈이기는 하니. 이것은 또한 망진, 자네의 공일세."

"아닙니다. 공은요."

어찌 공을 탐할까.

망진사태는 고개를 가로저었다. 여전히 맴도는 물결 속에서, 목소리는 말했다.

"공을 탐하는 것도 좋지 않지만, 이미 세운 공을 줄이려 드는 것도 좋은 일은 아닐세. 자네는 그만한 일을 해주었어."

"아아, 삼생의 광영입니다."

"음, 그래. 다시 그날이 오기 전까지는, 비록 가짜 신분일지라도, 충실하게 해주기를 바라네."

"예, 현사."

"좋아."

목소리는 뚝 끊어졌다. 다른 말을 할 것은 없었다. 대야의 물결은 이제 얌전하였고, 방 안을 가득 채웠던 냉기는 차차 흩어졌다.

망진사태는 하아, 한숨을 흘리면서 고개를 흔들었다.

의견전성(意見傳聲)의 술은 참으로 편리하면서도 크게 공력을 소모하는 술법이었다. 뜻을 보이고, 목소리를 전하는 데에 거리는 중요하지 않으니. 그러나 같은 술법과 공력을 지닌 자여야만 하고, 소모되는 공력은 어마어마했다.

불과 촌음 정도에 지나지 않은 짧은 대화였지만, 망진사태가 크게 지칠 정도였다. 공력으로만 말하면 감히 사천제일을 말할 수가 있을진대.

망진사태는 창백하게 탈색한 얼굴을 한 채, 고개를 흔들었다. 파리한 미간에 식은땀이 점점 맺혔다.

"그래도 절반의 성공이기는 하였으니. 다행이라 하여야 하려는지."

씁쓸하게 중얼거렸다. 그런데 몸을 돌리는 순간, 사태는 딱 굳어버렸다.

어떻게, 아니 언제부터 여기에 있었던 것인가. 그 자리에는 장우빙이 조용히 서 있었다.

"아니, 네가 어찌 여기에. 아니, 언제부터⋯⋯."

망진사태라 하여도 이런 때에는 횡설수설할 수밖에 없었다. 분명 술법을 행하기 전에 일체를 확인하였건만, 설마 하니 장우빙이 그새 자신의 이목을 속일 정도로 무공이 급상승했다는 것인가. 당황하는 망진사태야 어떻든, 그 모습을 보는 장우빙의 얼굴은 한참 고요하였다.

아무런 감정도 없어서, 마치 가면을 덧씌우기라도 한 것처럼 차갑기만 했다.

"⋯⋯."

"⋯⋯."

장우빙의 침묵이 심상치 않음을 알고서, 망진사태는 그만 입을 닫았다. 어찌 된 일인가. 그것을 거듭 생각했지만, 뾰족한 답은 조금도 나오지 않았다.

"크, 크흠. 크흠."

망진사태는 일단 헛기침을 흘렸다.

언제부터 있었는지 몰라도, 지금 무슨 말을 하든 조금도 소용이 없을 것이 불 보듯 했다. 그렇다면, 망진사태에게도 다른 수단이 없었다.

망진사태는 안타까운 표정을 그리면서 슬쩍 몸을 기울였

다. 뭐라 할 말이 없다는 듯이 하면서 천불주를 들었다. 평소처럼 목에 염주를 거는 것처럼 펼쳐서 손을 들었다.

그 순간이었다.

스팟!

공간을 가르는 예리한 기파가 스쳤다.

"크헛!"

망진사태는 그만 손을 쓰지 못하고 황급히 뒤로 몸을 날렸다.

"감히, 이게 무슨 짓이냐!"

버럭 소리쳤지만, 망진사태는 채 이어서 소리치지는 못했다. 손을 쓴 것은 장우빙이 아니었다. 그 뒤로 녹면을 쓴 이가 고요히 모습을 드러냈다.

"녹면……옥수……."

"어디서 허튼수작을."

녹면옥수 당민이 차디찬 어조로 중얼거렸다. 흉측한 녹면 속에서 이쪽을 보는 눈초리는 차갑고도 차가웠다.

의견전성의 술을 썼을 때에 이루어 낸 냉기와는 비교도 할 수 없을 정도였다.

망진사태는 미처 허리를 세우지 못한 채, 굳었다. 장우빙 하나라면, 어찌 손을 쓸 수 있겠지만, 녹면옥수가 함께 있다니. 그제야 망진사태는 비로소 주변을 환기할 수가 있었다.

"이, 이게. 이것이⋯⋯."

망진사태는 그만 당혹감을 감추지 못했다. 장우빙 뒤에서 나타난 당민이 전부가 아니었다. 벽 한쪽이 거짓말처럼 사라지고, 그 자리에는 여럿에 이르는 자들이 있어서, 자신을 지켜보고 있었다.

아연한 얼굴, 분노한 얼굴, 황망한 얼굴.

표정은 제각각이나, 하나같은 것은 오로지 하나였다. 강한 불신이었다. 그러나 어찌 믿지 않을 수가 있겠는가.

"자, 장문⋯⋯."

한 비구니가 더듬거리면서 겨우 목소리를 내었다. 지독한 불신이 어려 있어서, 치뜬 눈동자는 크게 요동쳤다.

아미파를 가리키는 금정 아래 삼사 중 한 곳, 뇌음사의 주지로, 장로라 할 수 있는 비구니, 현정사태였다. 주지인 망진사태, 탕마창의 정진사태와 함께 아미파 삼대고수로 손꼽는 그였다.

"지금 이것이 어찌 된 일입니까."

"허허⋯⋯."

망진사태는 답하는 대신에 메마른 웃음을 흘렸다. 이미 처음부터 보았음에, 무엇을 굳이 묻는다는 말인가.

"더는 할 말이 없구나. 현정."

"크윽!"

현정사태는 불끈, 힘주어서 손에 쥔 염주를 굳게 틀어쥐었다. 부르르 손이 떨리면서 길게 늘어진 염주 알이 달그락거렸다.

"아! 미! 타! 불!"

현정사태는 버럭 사자후를 터뜨렸다. 쩌렁 터져 나오는 음파는 강렬하다. 망진사태는 반사적으로 손을 휘저었다.

대천서영장.

공력이 바닥에 이른 지금이라도, 능히 펼칠 수 있는 장법이었다. 단숨에 현정을 노리고 몰아쳤다. 그러나 닿는 일은 없었다.

현정의 사자후와 함께 좌우에서 즉각 달려드는 네 그림자가 있었다. 펄럭이는 승포자락이 세차게 울렸다. 망진의 일장을 그대로 몸을 맞받으면서 몰아쳤다. 아무리 급하다고 해도, 아미 장문인이 떨친 일장이거늘, 등장한 그림자는 전혀 거리낌이 없었다.

흑색 가사 차림을 한 비구니로, 넷의 기세는 우선 흉험하기 이를 데가 없어서, 아미 정종의 제자로는 보이지 않았다.

"아미불출(峨嵋不出) 사법승!"

넷을 알아보고서 청성 장문인이 묘한 탄성을 흘렸다. 바람직한 때는 아니겠지만, 전설처럼 들려오는 아미파의 신비를 지금 목격한 셈이었다.

아미불출이라는 이름대로, 산 아래에서 모습을 볼 수 없는 사법승이었다. 반도를 제압하고, 계도하는 특수한 임무를 지닌 비구니들이다.

사법승은 비호처럼 날랜 모습으로 당황하는 망진사태를 에워쌌다. 이때, 망진은 대천서영장의 세를 수습하면서 바로 금광을 발했다.

장문 비전인 금정파(金頂波)였다.

아무리 기진했더라도, 장문이라는 이름에 부족함이 없는 무위였다. 휘두르는 일수에 금광이 솟구쳤다.

꽝! 콰앙!

사법승이 동시에 손을 쓰는 데, 망진사태는 공력을 크게 소모한 상황에서도 어려운 기색 없이 그들의 손발을 받아냈다. 과연 아미 장문인이라 할 만하다. 도수(徒手)로 사법승을 상대하는 데에 비록 압도하지는 못하더라도, 대등하게 버티어냈다.

사법승은 굳은 얼굴로 더욱 공세를 몰아쳤다.

터져가는 경풍이 어지럽다. 실내의 온갖 물건이 휩쓸려서 죄 박살 났다. 기둥을 올린 침상이 우지끈 내려앉는 순간에, 사법승은 잠시 주춤했다.

톱니바퀴처럼 맞물려가면서, 맹렬히 몰아치는 때에 드러난 잠깐의 틈바구니였다. 사정이야 어떻든 망진사태는 이때를 놓치지 않았다.

"흡!"

숨을 딱 끊어내는 것과 동시에, 사법승 사이를 뚫고서 뒤로 몸을 날렸다. 순간적으로 신형이 요동쳤다.

정명한 아미 무공을 펼치는 와중에 여기서 마공 한 조각을 드러낸 것이다.

"저것은!"

지켜보는 현정이 번쩍 눈을 치떴다. 설마, 설마 하였던 마지막 한 조각의 미련마저 와장창 깨어지는 듯했다. 잿빛 운무를 발하면서 이매처럼 신형을 부리는 모습은 한눈에도 사이하기 이를 데가 없어서, 아미정종의 무공으로는 볼 수 없었다.

사법승이 그만 주춤할 지경이었다.

"하, 하하하!"

신형을 뒤로 남겨두고서, 웃음은 이미 저 멀리에서 터진다. 색은 달랐지만, 저것은 풍마의 풍인마령이다. 그것은 분명 아미 정종의 호쾌한 보신경과는 영 딴판으로, 당초 목적이 전혀 달랐다.

사법승은 뒤늦게 몸을 돌렸지만, 그들보다 앞서서 손을 쓴 자가 있었다.

쐐액!

이미 거리를 수 장이나 벌린 망진사태였지만, 미처 엄습하는 기파를 감지할 새도 없었다. 반사적으로 풍마의 마공을 한껏 끌어올렸다. 그러나 오히려 패착이나 다름없었다.

"허억!"

일어나는 귀무는 자신을 보호하는 것이 아니라, 오히려 엄습하는 기파를 끌어당긴 셈이 되고 말았다.

커윽!

고통에 찬 신음이 왈칵 터졌다. 정확하게 허리를 꿰어버린 창 한 자루, 이와 같은 수법이 있다던가.

이기어검도 아니고, 던진 창이 빙글 돌아서 허리를 꿰뚫어버렸다.

망진사태는 그만 몸을 가누지 못하고, 세차게 바닥을 뒹굴었다. 여파에 내장은 더욱 진탕되어서는, 울컥 토해낸 검은 핏물이 하도 짙었다.

연신 토혈하면서 겨우 고개를 들었다. 땅을 짚은 손은 피로 흥건했다. 아니, 손이 젖은 것이 아니었다. 자신의 허리에서 쏟아지는 핏물이 불과 잠깐 사이에 후드득 흘러내려서 자리에 잔뜩 고였다.

이것은 어찌 돌이킬 수도 없는 것.

망진사태는 납빛으로 물든 얼굴을 한 채, 고개를 돌렸다. 사법승의 아연한 얼굴, 아미 동문의 놀란 얼굴, 그리고 그들 너머에 장우빙이 있었다. 장우빙은 손을 떨친 채로 그냥 그대로 있었다.

표정 없는 얼굴이었다.

"우, 우빙. 네가……."

"아미타불."

장우빙은 두 손을 공손하게 모으며 나직이 불호를 읊었다. 장중하기 이를 데가 없었다. 일체의 오욕, 심마를 끊어내는 일성이었다.

아연한 기색으로 넋을 놓고 있던 여러 아미 제자들도 일제히 두 손을 모았다. 무슨 말을 달리하겠는가.

"아미타불."

장우빙은 그저 손을 뻗었을 뿐이다. 결국, 탕마창을 불러들인 것은 망진사태의 마공이었다. 마를 소탕하고, 정을 세우는 것이야말로 탕마창의 극의가 아니겠는가.

아무런 삿된 감정은 없었다.

분노도, 슬픔도, 애틋함도 없어라, 장우빙은 가슴 앞에 합장한 채, 꾸벅 허리를 숙였다.

"현정 사숙과 사법승께서는 마땅히 문규를 지키시지요."

"음, 그래. 그래야지."

그제야 현정사태도 고개를 끄덕였다. 장우빙이 소신니라 불릴 정도로 무재가 뛰어남을 알았지만, 설마 지금처럼 탕마창을 펼칠 줄은 미처 몰랐다.

방금 그것은 탕마창의 극의라 할 만했다.

'우빙, 저 아이가 탕마소천을 펼칠 정도일 줄이야.'

이를 기뻐해야 할지.

현정사태는 고개를 흔들었다. 한참 안타까울 뿐이었다.

"언제부터였소."

"흐, 흐흐……."

망진사태는 피에 젖은 이를 드러낸 채, 힘없이 웃었다. 사법승이 좌우로 늘어섰다. 어차피 답을 듣고자 물은 것도 아니었다.

"사법승은…… 반도를 제압하라."

"명을 받듭니다."

그리고 네 법승은 불현듯 소매에서 청동의 금강저를 하나씩 덥석 치켜들었다.

"아미타불!"

일심으로 외치고서, 사법승은 당장에 망진사태를 에워쌌다. 그들을 중심으로 격한 기류가 맴돌았다. 기파와 기파가 맞닿으면서 더욱 위력을 발한다.

"사명자활(邪命自活)! 삿된 짓을 하지 말라!"

"불망언(不妄語)! 거짓을 말하지 말라!"

"고기범계심(故起犯戒心)! 계를 범하지 말라!"

"비법제한(非法制限)! 불법을 파괴하지 말라!"

사대금규(四大禁規)를 힘껏 외치고서, 사법승의 네 자루 금강저가 순차적으로 망진사태의 네 요혈을 깊이 꿰뚫었다.

"끄으으……."

망진사태는 부러질 듯이 이를 악문 채, 부르르 몸을 떨었다. 온몸을 찢어발기는 듯한 격렬한 극통이 몰아쳤다. 공력마저 흩어지는 와중이었다. 마공이라고 다르지 않았다. 아미 내공 이전에 지니고 있었다. 귀영의 공력이 차츰차츰 흩어졌다.

결국, 피로써 이어지는 것은 성마의 은총이었다. 그 피를 잃어가고 있으니.

"흐으, 흐으으……."

"거두어라."

현정은 눈을 감아버렸다. 차마 마지막 모습까지 볼 수는 없었다. 망진사태는 그것이 고마웠을까. 아니면, 그저 기운이 다하였음일까.

그대로 고개를 떨구었다.

어찌 알았느냐는 의문은 부질없었다. 당대 탕마창의 전인이라고 하는 정진사태를 움직일 수 있는 것은 역시 장문인뿐이고, 당시 그의 뒤를 지키고 있던 것은 망진사태의 직전 제자였던 법자배의 세 비구니였다.

어렵게 정신을 차린 법지를 통해서 법자배 셋이 손을 썼음을 알지 않았는가. 그 또한 넋을 잃은 상태에서 그들에게 제압당하였다고 하니.

하나, 하나를 따지다가 결국, 겹치는 사람은 제일 믿기 어려운 한 사람 뿐이었다.

아미 장문인이다. 그것을 눈앞에서 확인하기까지 한 마당이다. 어찌 알았는지는 더는 중요한 일이 아닌 셈이었다.

"본파에 큰 죄인이 나왔으니. 이를 어찌하면 좋을지 모르겠습니다."

"사태께서는 그리 자책하실 것 없소이다. 본가라고 어디 다르더이까. 오히려 본가의 책임이 더 크다 할 것이오."

당가주는 고개를 흔들었다.

비고를 털린 일이 있지 않은가. 비록 성도를 비롯한 사천 전역에서 당가의 독이 크게 쓰이지는 않았기에 망정이지, 자칫하였다가는 진정 천하의 큰 죄인이 될 뻔했다.

아미의 장문인이 마도의 후예, 혹은 하수인일지도 모른다니. 생각조차 하기 싫은 일이 벌어졌지만, 마냥 아미의 잘못이라고만 할 수도 없는 일이었다.

이로써 어느 곳보다 큰 타격을 입은 곳 또한 아미가 아니겠는가.

"본파는 이후로 십 년간 봉문을 하고자 합니다. 참으로 면목이 없으나, 두 분과 사천 무림의 모든 분에게 이것으로 죄를 청할 뿐입니다."

"음, 십 년은 너무 길지 않겠소이까."

청성 장문인이 안타까운 기색으로 있다가 넌지시 말을 건네었다. 십 년의 봉문이라고 하면, 단지 강호 활동을 자제하는 것에서 끝나지 않았다.

향화객 일체 또한 받아들이지 않겠다는 것이다.

십 년 세월이라고, 아미파의 위명이 바래지는 않겠지만, 궁핍함은 뻔히 예견되는 바였다. 과하다고 걱정하는 말에도 현정 사태는 고개를 흔들었다.

"본문의 잘못을 생각하면, 오히려 짧지 않겠습니까."

그러면서 흘깃 장우빙을 돌아보았다. 고요한 장우빙이었다. 입을 다물고서, 그저 고개만 숙이고 있었다. 그러자 당가주와 청성 장문인 또한 슬쩍 눈을 들어서, 차분한 장우빙 모습을 흘깃 보았다.

'허어, 그렇군.'

두 사람도 보아서 알 수 있었다. 비록 지금에는 굴욕과 피해를 감수하려나, 십 년 세월이면 지금의 소신니가 곧 사천신니라 불릴 만한 세월일 것이었다.

"십 년 봉문이라고 하지만, 사천과 사천 무림에서 아미파가 세운 정의와 협행을 어찌 염두에 두지 않을 수가 있겠습니까. 그동안, 본파는 아미파를 잊지 않을 것입니다."

"본가 또한."

"아미타불, 두 분의 배려에 감사드립니다."

현정사태는 두 손을 모으며 더욱 깊이 허리를 숙였다. 그러자 장우빙을 비롯하여서, 여기 있는 모든 아미의 비구니들 또한 따라서 허리를 숙였다.

고개 숙인 여러 불제자 모습은 그저 처연할 따름이었다.

모든 일이 끝나고, 산으로 돌아가게 되었건만, 이를 기쁘게 여기는 사람은 아무도 없었다. 그리 여기기에, 하도 많은 동문과 사형제를 잃었고, 끝에 장문인 또한 잃고 말았으니. 그 오욕을 어찌 달랠 수가 있을꼬.

이들 심사에서는 십 년이라는 세월도 부족할지 몰랐다.

"아미타불, 아미타불……."

가만히 읊조리는 불호 소리가 허망하게 맴돌았다.

*　　*　　*

십삼황자. 아니, 이청은 고개를 들었다. 피로가 그득하여서 지친 얼굴이지만, 지금 소식은 그도 놀랄 수밖에 없었다. 다른 곳도 아니고, 아미파라니.

역사와 전통으로 사천뿐만 아니라, 천하 무림에 있어서 오랜 명문으로 항상 손꼽는 아미파였다. 그런 곳에서 불미스러운 정도가 아니라, 장문인이 마교의 주구로 전락하였다니.

"그런 일이 있었다고? 허어, 참으로 안타깝군. 안타깝다고밖에는 할 말이 없으니."

지그시 입술을 깨물었다. 그러면서 살피던 서류를 내려놓고, 허리를 세웠다.

"이제 어쩔 테냐?"

"무얼?"

"알았으니. 마도와 관련된 자는 모두 역적으로. 베어야 하는 것 아냐?"

"이런…… 넌 사람을 무슨 혼군(昏君)으로 몰아가려고 하냐. 그렇다고 아미파를 붙든다고 하면, 무슨 일이 돌아가겠어."

다른 사람도 아니고, 아미 장문인이 마도 후예라는 것. 분명 생각지도 못한 일이었다. 그러나 그것 하나로 아미파, 전체에 두고 죄를 물을 수도 없지 않은가.

"하하하."

넌지시 말 건네었던 사내는 사뭇 경박한 웃음을 흘렸다.

곧 웃음을 삼키고서, 새삼 진중한 모습으로 말했다.

"말대로, 사천은 사천대로 안정을 꾀해야 하는 상황이니."

"음."

틀린 말이 아니다. 사내의 차분한 말에, 이청은 가만히 고개를 끄덕였다. 그러다가 이청은 슬쩍 눈썹을 치켜들고서 마냥 편한 모습으로 앉아 있는 사내를 새삼 흘겨보았다.

황자의 앞에서, 그것도 황자가 업무에 열중하고 있건만, 저리 방만한 태도로 있다니. 슬쩍 치켜든 눈초리가 따가울 법도 한데, 사내는 잠깐 머쓱한 기색이 있을 뿐이었다. 그나마도 황자의 눈빛 때문은 아니었다.

"뭐? 왜? 지금 늦었다고 괄시냐?"

"아니, 그런 것은 아니다만."

사내가 턱을 들고 대들 듯이 되물었다. 이청은 헛웃음을 삼키고서 고개를 돌렸다.

무림 삼대 신비로 손꼽는 산서 강시당. 그곳의 신임 당주인 탁연수가 바로 이 사람이다. 여인보다 더 고운 얼굴은 여전하다. 찡그린 검미는 짙었다.

옥용이라 할 정도의 얼굴에 푸르스름한 빛이 어려 있어서, 자칫 기괴하게 보일 수도 있었지만, 그런 것이야 어떻든 탁연수는 입술을 삐죽였다.

나름대로는 서두른다고 서둘렀지만, 결국 일이 다 끝난 다음에야 사천에 닿았으니.

"쳇, 잔뜩 준비해 왔는데 말이다."

"잔뜩은 무슨."

이청은 피식 헛웃음을 흘렸다. 그러고는 다시 눈을 돌렸다. 쌓인 서류가 산더미와 같았다. 처리하고 처리를 해도, 좀체 줄어들 기미가 보이지 않으니.

탁연수와 내내 드잡이질하고 있을 여유는 없었다. 서류를 확 펼치다가, 너머 앉은 탁연수에게 손짓했다.

"너 그렇게 놀고 있지만 말고, 와서 이거라도 좀 거들어라."

"……."

흘깃 보기만 해도, 눈앞이 어찔할 정도로 빼곡한 문장이었다. 이제는 성도뿐만 아니라, 사천 일대에 대한 제반 상황으로, 피해가 산더미와도 같았다.

그러자 탁연수는 덥석 입술을 말아 물고서, 꼼지락꼼지락하면서 앉은 자리에서 엉거주춤 일어났다. 이내 뒤로 발을 빼려는데. 이청이 탁, 소리 나게 서류뭉치를 후려치면서 고개를 치켜들었다.

"뭐야? 그냥 도망하기야?"

"하, 하하. 도망은 무슨. 생각해보니. 아직 다른 녀석들 얼굴도 보지 못하지 않았겠어…….”

“야!”

이청은 순간 발끈하여서 목을 세웠다. 그러나 탁연수는 냉큼 발을 굴렀다.

“고생해라! 으하하!”

탁연수의 외침은 이미 저 멀리에 있었다. 창을 박차고 뛰쳐나가는 데, 이청은 허, 헛웃음이 흘렀다.

“이거야 원…….”

그렇다고 저리 소란하게 갈 것은 또 무엇인지.

내내 그렇기도 하였지만, 참으로 무례하기 이를 데가 없는 모습이다.

이청의 발끈한 외침을 듣기가 무섭게, 문밖의 호위들이 득달같이 뛰쳐 들어왔다. 칼자루를 단단히 틀어쥐고서, 각오를 다진 기색이지만, 이내 그들 눈초리에는 당혹감이 역력했다.

창틀을 박차는 것까지는 보았는데, 삽시간에 멀어지다니. 당장에 공력을 집중했지만, 어디서도 종적을 찾을 길이 없었다.

뛰어든 그들이 망연할 참에, 이청이 만류했다.

“관두게. 녀석은 벌써 담을 넘었을 것이네.”

“저, 전하.”

뛰어든 두 호위는 화들짝 놀랐다. 아무리 강호의 고수라고 하여도 그러한 경지라니. 쉽게 믿기 어렵다.

어리둥절할 사이, 이청은 수결을 남기고 다른 서류를 펼쳤다.

"저 녀석이 그리 허술하게 보여도, 강시당의 당대 주인일세."

"강시당!"

"딴에는 돕겠다고 불원천리 달려왔는데. 일이 다 끝났다고 하니. 어지간히 눈치가 보이는 게지."

이청은 고개를 절레절레 흔들었다. 나섰던 두 호위는 아연한 기색으로 있다가 주춤 물러났다. 어색하기도 하였지만, 본래 자리를 지켜야 할 따름이다. 그런데 이청은 들어선 둘을 가만히 두지 않았다.

"잠깐, 기왕에 나선 것이니. 이것 좀 살피게."

"저, 전하. 저와 같은 무부가 무슨 재주가 있어서."

"이 앞을 좀 보게. 지금 이렇게 쌓인 와중에 문무를 따질 셈인가?"

이청은 소리 나게 서류 한 뭉치를 탁탁 내리쳤다. 수신 호위는 황망한 눈초리로 있다가, 별도리 없이 다시 나섰다. 그러고는 이청의 좌우에 자리를 잡아서 분주하게 눈과 손을 움직여 나아갔다.

이청은 연신 한숨을 삼켰다.

한시바삐, 사천의 아문을 정상화해야 한다. 이 일을 맡아야 할 관인이 죄 죽거나 도망한 마당이니, 다른 도리가 없겠다만. 물론 와중에는 이청이 자초한 바도 있었다.

도망한 자들, 오히려 사교에 빌붙은 자들, 모조리 끌어내어서는 목을 베었다.

당연히 구족을 모조리 베어도 시원치 않을 지경이기는 하다만, 어디 그렇게까지 할 수야 있겠나. 비록 황제께 전권을 위임받았다 하여도, 구족을 멸하는 것은 황제의 오롯한 징벌이라.

이청은 소소하게 삼족 정도에서 처벌했다. 여하간에, 그런 이유로 사람이 없었다. 사람이.

"그렇다고, 이런 일에 사천 무림인을 함부로 끌어들일 수도 없는 일이지."

이청은 푸념하듯 구시렁거렸다.

다른 때라면 모를까, 사천을 다잡는 일이었다. 여기에 무림이 개입하게 둘 수는 없는 노릇.

당장 힘들고, 나중에 대한 우환을 끌어들일 수는 없는 노릇이다.

이청은 불만은 관두고서, 새삼 눈매를 집중했다.

도망하듯 뛰쳐나온 탁연수는 휘적거리면서 다가왔다. 아직 높은 사천련의 서측백기, 가까이에서 당민이 고개를 돌렸다. 그녀는 녹면을 거두고서, 평범한 치마저고리 차림으로 한숨을 돌리고 있던 차였다.

　　당민은 다가오는 탁연수의 모습에 넌지시 물었다.

　　"이청은?"

　　"죽겠다고 하지. 아닌 게 아니라, 서류에 짓눌려서 딱 죽기 직전이더만."

　　"흐음."

　　당민은 가만히 고개를 끄덕였다. 달리 걱정하는 기색은 아니었다. 탁연수는 일단 어깨를 나란히 하였다가, 슬쩍 곁눈질로 흘겨보았다.

　　"안 가봐도 되겠나?"

　　"싫은데."

　　당민은 딱 잘라 말했다. 괜히 가까이 갔다가 발목 잡힐라. 다른 사람이라면 몰라도, 당민이라면 붙들릴 만했다. 눈을 가늘게 떴다가, 탁연수는 곧 고개를 끄덕였다.

　　"그래, 그래, 잘 생각했다."

　　"그보다, 산서 쪽은 어때?"

　　"완벽하게 정리했지. 마도 놈들, 꼬리 하나 남기지 않고 싹 쓸어버렸단 말씀이야."

탁연수는 파리한 얼굴 가득 웃음을 머금었다. 바로 답하는 모습이 당당했다. 어떻게? 라고 묻지는 않았다. 오랜 침묵을 깨뜨린 강시당은, 그 자체로 전설이나 다름없었다. 그리고 당대 당주, 탁연수는 강시당의 수백 년 역사를 거슬러 올라가도, 보기 드문 성취를 이루어냈으니.

당민은 입술을 비틀었다.

"아이고, 그래서 이제 오셨어요?"

"야, 중원의 절반을 가로질렀는데. 그리 매정하게 말할 거 뭐 있냐. 게다가 다른 놈들도 아니고, 마도 것들인데. 아주 단단히 준비해서 왔단 말이다."

탁연수는 분한 듯, 세차게 두 주먹을 마주쳤다. 쯧, 혀까지는 차는 것이 진정이었다. 드문 모습이었다. 당민은 새삼 뜻밖인 눈으로 보다가, 곧 눈살을 찌푸렸다.

"아하, 그래. 단단히 준비한 것을 써보지 못한 게 안타까우시다?"

"응? 아니. 뭐 그렇게까지는 아니고."

당민의 어조가 심상치 않은 것을 감지하고서, 탁연수는 바로 꼬리를 내렸다. 슬쩍 턱을 당기고서 노려보는 눈초리가 언뜻 험한 기색이 어려 있었다.

보기에도 심사가 슬슬 꼬일 듯하니. 이쪽 눈치로는 천의무봉이라 하기에 부족함이 없는 탁연수라, 냉큼 몸을 돌렸다.

"어구, 어구구, 허리가 뻐근하구만. 말을 너무 오래 탄 모양이야. 어구구……. 호충인, 이놈은 어디에 있으려나?"

"쯧!"

한눈에도 도망하는 게 분명했다. 그래도 당민은 혀 한번 차는 것으로 대신했다.

이래저래 발끈하기는 했어도, 자신이 도움을 청하는 하나에 만사를 다 제쳐놓고 달려온 친구였다. 피식 쓴웃음을 짓고서 몸을 돌렸다.

"그것보다 걱정은……. 역시 저쪽이겠지."

당민은 한숨을 삼키고 눈매를 지그시 모았다.

대로 저편에서 한 무리의 비구니가 조용히 걸어가고 있었다. 아미의 제자들이었다.

다만, 며칠이라도 어찌 몸을 쉬는 편이 좋겠지만, 저들로서는 차라리 힘든 편이 더 나을지도 모르겠다.

성도에서 아미까지는 그리 멀다고 할 수는 없어도, 일조일석에 닿을 거리도 아니건만. 당민은 고개를 들었다. 변덕 심한 사천 날씨, 그래도 안개가 차츰 걷히면서 양광이 스며들었다.

"응?"

때마침일까.

후미에서 조용히 걷던 한 이가 문득 고개를 들었다. 방갓

끝을 치켜들고서 돌아보는데, 마치 당민과 눈길이 마주쳤다.

장우빙이다.

그 또한 생각지 못하여서, 눈을 잠시 동그랗게 떴다. 당황도 잠시, 이내 흐린 미소를 그렸다. 장우빙은 가슴 앞에 한 손을 세우고는 꾸벅, 깊이 허리 숙였다.

거리는 상당했지만, 감사를 표하는 진심을 엿볼 수는 있었다.

당민도 여기서는 그저 어리게 대할 수 없는 일, 자세를 고치고는 정중하게 두 손을 맞잡았다.

"부디 건승을……."

무슨 다른 말을 할 수 있겠나.

당민은 아미파 모습이 한참 멀어질 때까지 내내 자리를 지키다가, 곧 몸을 돌렸다. 그가 향한 곳은 사천련이 아니라, 천룡의 저택이었다.

이제는 그곳이 제집이나 다름없었다.

궁가대원.

그곳 후원에서, 소명은 모두 모인 친구들과 자리를 함께하고 있었다. 그들 모습에 괜히 코끝이 다 시큰하다.

상화촌 오인방이 한자리에 모여 있다. 그것만으로도 가슴 뭉클해지는 일이다. 어린 시절 모습이 새삼스럽다.

중에는 죽다 살아난 놈도 있다.

"이렇게 한자리에 모인 것이 대체 얼마 만이지?"

"한 놈을 찾아놓으면, 또 한 놈이 없어지고. 또 한 놈이 일 생기고. 하이고, 참."

소명은 혀를 내둘렀다. 여기서 얽히지 않은 사람이 대체 누가 있더냐.

호충인, 탁연수, 이청, 그리고 이제는 당민까지. 다들 쓴 웃음을 지었다. 크고 작은 일이 정말 여럿 있었다. 가까이 있던 호충인이 고개를 끄덕였다.

"그래, 그래. 일이 참 끊이지 않았다."

"너는 그냥 네놈이 미련했던 것이고."

"뭐야? 와중에도 지금 따지는 거냐?"

"다른 녀석들이야 어떻든, 네놈은 내가 조심하라고 했었지."

"어, 그게. 그랬나?"

호충인 순간 발끈했다가, 소명의 착 가라앉은 말에 움찔 어깨를 들썩였다.

그런 것 같기도 하고, 아닌 것 같기도 하고.

묘한 표정의 호충인은 내버려 두고서, 나머지는 새삼스 럽게 얼굴을 굳혔다.

"이게 끝일까?"

탁연수가 한마디를 던졌다. 어조는 가볍지만, 마냥 가볍게 여길 만한 물음이 아니었다.

사천 일이 마무리되었다고, 마냥 안도하고 있을 상황은 아니었다. 산서에서도, 하남에서도, 심지어 강남 일대에까지 말하자면 성마교가 배후에 있는 상황이었다.

여기 일을 마무리했다고 끝이 아닌 게다.

사천은 그야말로 일성을 뒤흔들 만한 내란에 가까운 일이었다. 백성의 피해를 생각하면 더욱 그러하다.

"강남에서는 무가련이 힘을 써서 다행이지."

"섬서에서는 화산과 백가, 그리고 호북에서는 무당이 나서서 상황을 수습했다고 하더군."

"그래도 당장 피해를 말하자면……."

소상하게 일일이 열거할 수는 없겠지만, 흘려버린 피와 생명이 너무도 많았다.

혈세천하(血世天下)라, 그것은 이미 이루어졌다고 할 수 있었다.

대관절 무엇을 위한 피였고, 무엇을 위한 희생인지.

무림의 피해는 말할 것도 없고, 그에 휩쓸려서 터전을 잃거나, 목숨을 잃은 민초들은 또 어떠한가. 하나하나를 생각하면 정말 끝도 없어라.

이청은 한층 어두운 얼굴로 그만 두 손을 들어서 얼굴을 덮었다.

"열이 나는 것 같군."

"골치가 이만저만이 아니야."

"어려운 것은 알겠어. 그럼, 그놈들 다음 목적은 뭐라고
생각하나?"

"글쎄."

예측이 어렵다는 점에서, 성마 무리의 수작은 한층 교묘
하다. 상당한 피해를 감수하면서까지 동시다발적으로 일을
벌였다.

개중에는 소림사처럼 갑자에 가까운 세월 동안 준비한
곳도 있었고, 하남, 하북처럼 이제 막 손을 쓴 곳도 있었
다. 그런 안배를 일거에 발동한 셈이다.

사천의 일도 그 하나라 하겠다.

대관절 무엇을 위해서인가. 차라리 천하를 제패하겠다
고 하던가, 과거의 원한을 갚아내기 위해서라던가, 하는
등의 일이면 또 모르겠다.

지금껏 알아낸 것은 뜬구름 같은 소리로, 존체가 어쩌고
하겠다는 것인데. 그것과 천하의 소란은 또 무슨 상관이란
말인지.

다들 고민이 깊었다. 마도라고 하는 것들, 그 위험을 각
자가 실제 경험하지 않았는가. 마땅히 신중해야 할 일이

니, 다들 입을 꾹 다물었다.

"천하가 더욱 혼란하겠는걸."

누구의 말인가. 불쑥 내뱉은 한 마디가 묵직한 침묵을
깨뜨렸다. 눈치 없이 하는 말이다.

일제히 고개가 돌아가면서, 쓰으……. 잇새로 험한 소리
를 흘렸다. 쏟아지는 눈길이 따가워서, 별생각이 없던 얼
굴이 이내 머쓱해져서는 슬그머니 고개를 돌렸다.

"크, 크흠. 크흠. 아니, 난 뭐. 걱정이. 그러니까, 그렇
지……."

주저하면서 하는 말이 참 옹색하다. 호충인은 괜히 억울
했지만, 더 말해서 눈총을 사지는 않았다. 거기까지는 그
래도 눈치가 있다고 해야 할지.

"등용문주가 저래서야 어디……. 소림파는 앞으로 괜찮
은 거냐?"

"아니, 그걸 왜 나한테 물어?"

"당대 용문제자가 아니면 누구한테 물으라는 거야?"

"이런."

놀리는 기색이 역력하다. 소명은 그저 고개만 절레절레
흔들었다. 호충인이 말 꺼낸 탁연수를 향해서, 달려들 것
처럼 두 눈을 한껏 부라렸다.

고민과 걱정도 중요하지만, 어디 마냥 그렇게 축 처져있

을 수만 있겠나. 다섯은 곧 이런 저런 얘기를 차분하게 주고받았다.

면박을 주기도 하고, 실소가 흐르기도 한다. 한 세월을 묵혀둔 옛이야기를 가만가만 나누기에 한밤은 그저 짧기만 하겠다.

밤은 그렇게 깊어갔다.

"하하, 하, 하아……."

소명은 문득 입술을 지그시 깨물었다. 흐린 미소를 머금은 채, 앞에 있는 친우들 모습을 한참이고 바라보았다.

강호는 무정이다. 그러나 인간이란 또한 홀로 나아갈 수만은 없지 않은가. 여기 있는 친구들이야말로, 지금 소명으로 하여금, 소명으로 있을 수 있게 한다.

권야가 어떻고, 용문제자가 어떻고 하는 것이 아니다.

세상에 다시 없을 귀중한 인연이고, 보배이다.

한참을 떠들던 참에, 불현듯 일제히 입을 닫고 고개를 돌렸다. 서두르는 소리가 이쪽을 향해서 다가오고 있었다. 후원의 담은 높고 두꺼웠지만, 여기서 바깥 기척을 감지하지 못할 이는 없었다.

"일이 생긴 모양인데?"

이청이 고개를 갸웃하면서 후원으로 바로 들어설 수 있는 월동문 쪽을 살폈다. 이내 그곳으로 누군가의 그림자가 들어섰다.

그림자는 차마 안으로 들어오지는 못하고 조심하는 기색으로 기척을 내었다.

"권야 공."

"무슨 일이오."

"중원에서 대지급으로 소식이 왔습니다. 본가에서 전한 것인데⋯⋯."

그는 월동문의 그림자에서 한 걸음 나섰다. 신룡대의 부대주, 마량이다. 불빛에 드러난 그 얼굴은 긴장으로 딱딱하게 굳어 있다.

일이 벌어진 것만은 분명했다.

마량이 즉각 다가와서 천룡의 풍운첩을 건네었다. 그 문양이며, 재질이며 분명 천룡본가에서 온 것이 분명했다. 소명은 의아한 기색으로 풍운첩을 펼쳤다.

힘찬 필체였지만, 급한 소식이라는 게 한눈에 드러날 정도로 글자가 다급했다.

소명은 천천히 읽고서, 다시 눈동자를 돌렸다. 두어 번을 거듭하여서 위아래로 보고 난 뒤에 소명은 풍운첩을 덮었다. 그리고 풍운첩의 단단한 표지를 톡톡 두드렸다.

"이게 지금⋯⋯ 사실이오?"

"소식을 접하기가 무섭게 바로 가져왔습니다."

"그렇군."

소명은 으득 이를 악물었다. 마량은 마치 자신이 잘못이라도 한 것처럼 한껏 조심하는 모습으로 소명의 눈길을 차마 마주하지 못했다.

그만큼 참담한 소식인 까닭이었다.

이쪽을 보고 있는 친구들, 와중에 탁연수가 고개를 갸웃거리면서 들어섰다.

"왜, 왜, 뭔데?"

"성마교. 이것들이 아주 미쳤네."

소명은 읊조리면서 입술을 비틀었다. 고요한 기파가 스멀스멀 일어났다. 성마교 이름을 듣고서, 탁연수는 물론, 자리한 모두가 대번에 안색을 굳혔다.

소명은 굳이 입을 열기보다는 풍운첩을 건넸다. 직접 볼 일이다. 탁연수는 빠르게 훑고서 바로 얼굴을 굳혔다. 건너, 건너 받을 때마다 다른 셋도 별반 차이가 없었다.

풍운첩에는 어이없는 소리가 있었다.

"허, 허허. 이것들이 진짜 미쳤네. 아주 끝을 보자고 이러는 건가?"

호충인이 험악하게 고개를 꺾었다. 일그러지려는 얼굴을 일단은 붙잡았는데, 눈가에서 먼저 살의와 분노가 뒤섞인 광망이 일었다.

"목적이 무엇이든, 크게 작정한 모양이다."

마지막으로 풍운첩을 읽은 이청이 첩지를 덮었다. 차분하게 중얼거리지만, 그 또한 목소리에 힘이 절로 실렸다.

마군등숭산(魔群登嵩山).

마도의 군세가 숭산을 오른다는 뜻이었다.

숭산에는 무엇이 있겠는가. 선종의 본산이며, 불가의 성지, 그리고 천하무종이라 일컫는 곳, 천년 소림이 거기에 있다.

이미 천하를 크게 흩어놓은 마도가, 바로 소림사를 목적으로 해일처럼 몰려가고 있었다.

첩지에서는 대략적으로만 파악했을 뿐이지만, 그것만도 물경 일만을 헤아렸다.

일만의 마도.

소명은 한번 호흡을 가다듬었다. 분기가 차오르는 것은 차오르는 대로, 그러나 머릿속은 한참 차갑고, 침착하게. 흔들리지 않는 마음이야말로, 무학의 기본이다.

소명은 곧 공손히 서 있는 천룡 가인을 돌아보았다.

"바로 숭산으로 향해야겠소."

"채비는 갖추어 두었습니다."

회는 기다렸다는 듯이 답했다. 무슨 채비인지는 굳이 묻지 않아도 되는 일이겠다.

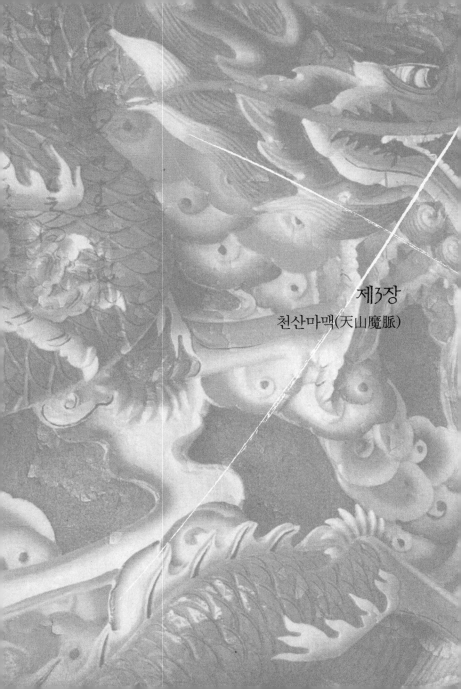

제3장
천산마맥(天山魔脈)

　아득한 사막, 돌아오지 못하는 땅이라고도 불리는 혹독
한 그곳에는 붉은 불길이 타오르는 것처럼 우뚝 솟은 붉은
산이 하나 있었다.

　전설의 화염산이 이곳이다.

　붉은 바위로 이루어진 높은 산은 일대가 마른 사막이라
는 것을 떠나, 가까이 다가서면 숨이 턱턱 막힐 정도로 지
독한 열기를 품고 있었다.

　사막의 다른 곳은 해가 저물면 급변하여서 혹독한 추위
가 몰려오지만, 화염산은 전혀 그렇지 않았다. 그야말로 년

년세세(年年世世), 밤낮없이 열기가 맴도는 땅이었다.

아지랑이가 절로 일어나는 그곳인데, 그래도 사람이 거주하고 있었다.

바로 화염산 일족이라 불리며, 신화시대부터 화염산을 터전 삼아서 살아가는 자들이다.

서천 무림에서는 또한 독보적인 열양공으로 그 이름을 널리 떨쳤다. 누구도 범접하지 못하는 자들. 혹독한 환경도 한 이유이겠으나, 화염산 일족은 과거 서천 무림을 암중에 지배하였던 자객의 왕, 적야(赤夜)조차 섣불리 손대지 못한 저력과 역사가 있는 자들이었다.

당시에는 주인이 없었음에도, 대하기를 꺼릴 정도였으니.

그런 화염산 일족이 모처럼 분주하여서는 바삐 뛰어다니고 있었다.

산으로 드는 길목부터가 소란이었다.

붉은 바위 위에 더욱 붉은 융단을 끝도 없이 길게 깔았고, 차양을 드리웠다. 부랴부랴 그늘을 만들었다. 그리고 좌우로는 남녀노소 가릴 것 없이, 화염산 일족 전부가 몰려나와서 엎드려 고개 조아렸다.

뜨거운 바닥이지만, 그 정도 열기로 눈살 찌푸릴 자는 아무도 없었다. 태생적으로 열에 익숙한 일족이기 때문이었다.

무엇보다 지금은 참으로 귀하고 중요한 순간이었다.

그들의 주인. 화염산주가 방황의 여정을 마치고 막 산으로 돌아왔기 때문이었다.

하얀 맨발이 붉은 융단을 밟고 섰다.

"산주! 산주!"

"주인께서 돌아오셨도다!"

"신화의 불을 밝혀라!"

일족은 일제히 외쳤다.

발목까지 푹푹 들어가는 붉은 융단을 밟으면서 천천히 걷는 이는 문득 고개를 들었다.

화염산의 주인, 아함이다.

폐관을 마치자마자, 도망하듯이 산을 떠난 그가 이제 돌아왔다. 떠날 때와는 사뭇 다른 모습이었다. 맨발이라는 것만 빼면, 실로 가인의 자태라 하겠다.

백옥처럼 하얀 얼굴에, 눈 아래는 살짝 발그레하고, 입술은 한참 붉어라. 고운 비단결처럼 검고 윤기 나는 머리카락에는 홍옥은잠(紅玉銀簪)을 꽂아서 가볍게 장식했다.

과한 것은 하나도 없었다.

일견 수수하게 보이지만, 머리부터 발끝까지 그야말로 최상급으로 준비한 차림이었다. 기품이 넘치는 모습인데, 그렇게 단정하게 손을 써서, 아함을 돋보이게 한 것은 공손한 모습으로 뒤따르는 세 여인이었다.

그들은 아함을 따르면서도 감히 산주의 붉은 융단은 밟지 않고, 좌우에서 천천히 걸음을 맞추었다.

세 여인은 천룡세가의 가인으로, 육대천녀(六大天女)라 하는 여섯 중 셋이다. 진실한 신분이 따로 있는 셈이나, 굳이 밝힐 것도 없었다. 이들 셋은 다만 아함을 보필하는 시비의 역할로서 멀고 먼 화염산까지 왔다.

아함은 사뿐사뿐 걷다가 좌우를 두리번거렸다.

다른 마음은 하나도 없이, 모두가 일심으로 자신의 귀환을 한없이 기뻐하고 있었다. 안도하고, 누구는 감동으로 눈물을 흘리기도 한다.

그러다가 아함은 눈치 보듯 곁눈질로 옆을 흘겨보았다.

천룡세가의 세 여인과 함께 따르는 여인, 홍화선자가 있었다.

홍화선자는 살짝 득의한 눈초리였다.

"말씀드렸지요. 모두 얼마나 산주의 귀로를 기다렸는지."

"흠, 흠, 알았다니까. 계속 잔소리는……."

아함은 입술을 삐죽거렸다. 그래, 보는 것으로 알았다. 투정은 부리고 싶은 마음인데, 자신의 사람들이 이렇게 기뻐하는 마당에 딱히 할 말은 없었다.

아함은 그러다가 문득 홍화선자 옆에서 한껏 어깨를 움츠린 채, 따르는 소녀에게로 눈을 돌렸다.

"아주궐, 너는 자라서 저러면 안 된다."

"예? 아니, 제, 제가 어찌 감히!"

소녀 아주궐은 흠칫 고개를 들었다가 깊이 허리를 접었다. 너무 놀라서 허둥거리는 모습이다.

백산족의 남은 후예로 하동 땅에서 소명, 위지백에게 구함을 받았던 그 소녀였다.

고생으로 빼빼 말라 있던 소녀가 이제는 전혀 딴판이었다.

홍화선자가 직접 거두어서 짧은 시간이라도 가르침을 내린 바이기에, 의젓한 자세도 그렇고, 반짝이는 눈동자에는 정광이 어려 있었다.

"산주도 참. 왜 괜한 아이는 희롱하고 그러신답니까. 체통을 지키세요. 체통을……."

"피이, 희롱은 무슨."

달리 무슨 말을 했다고 그러나, 아함은 재차 입술을 삐죽였다. 그러면서 다시 발걸음을 옮겼다.

아함이 붉은 융단을 밟으면 앞장서고, 홍화선자와 아주궐이, 그리고 융단 밖으로 천룡세가의 세 여인이 얌전히 따랐다.

세 여인, 삼천녀도 사뭇 웃음을 지었다. 처음에는 크게 어렵기만 하였지만, 아함과 홍화선자 간의 사이가 이렇게 허물없음을 알고서는 한층 마음을 놓기도 하였다.

다른 누구도 아니고, 천룡이 직접 믿고 맡긴 대사였다. 어찌 소홀함이 있을까.

그리고 붉은 융단의 끝으로, 이제 화염산의 중심으로 드는 동혈 입구에 이르렀다.

한자가 아닌 서장의 말로 남겼으나, 적어도 뜻을 말하자면 이러하다. 천화동(天火洞). 하늘이 내린 불을 품은 동혈이었다.

천화동으로 들자, 주변 열기에도 불구하고 사뭇 서늘한 기온을 느낄 수 있었다. 바깥과는 전혀 딴판으로 한참 쾌적한 곳이었다.

깊이 모를 동혈 속에서 이는 바람인데, 습하거나 불쾌한 느낌은 전혀 없었다. 외부인이라 할 수 있는 삼천녀는 잠시 놀라는 듯했지만, 큰 동요를 보이지 않았다.

아주궐은 아주 놀라서는 연신 주변을 두리번거렸다.

산 아래로 들어가는데, 어찌 빛을 끌어들이는 것인지 땅속이라고는 생각할 수 없을 만큼이나 밝았다.

화염산 일족 전원이 거할 만한 곳이다. 쾌적하다고 할 정도로, 동굴 속은 서늘한 바람이 절로 맴돌았다. 이곳에는 물이 흐르며, 바깥의 햇빛을 끌어들여서 온갖 작물을 길러 내기도 했다.

복지(福地)는 밖에 있는 것이 아니라, 산 아래에 있는 것이다.

그곳에서 특히 신성시되는 곳은 바로 화명정(火明鼎)이라 하는 곳으로, 그 자리에는 천화의 불길이 타올랐다. 사각의 청동화로가 자리를 차지하고 있는데, 얼마나 길고 긴 세월이 화로에 새겨졌는지는 감히 헤아릴 수가 없다.

사방천자신염흑신정(四方天子新炎黑神鼎).

길고 복잡한 이름이 참으로 거창하려나, 실상으로 좌우로는 석 자 반 치, 위아래로는 두 자 남짓에 불과한 작은 화로에 지나지 않았다. 그러나 세월이 한없이 깊었다.

네 다리에는 닳고 닳아서 알아볼 수 없었지만, 사방신수를 새겼고, 울퉁불퉁한 청동에는 무수한 글귀가 어지럽게 남아 있었다. 불길이 타오르는 자리는 흑옥(黑玉)을 연마한 것처럼 반질거렸다.

사각화로에서 타오르는 불길은 화염산에서 일어나는 성스러운 불로, 정이니, 마이니, 구분할 수 있는 성질의 것이 아니었다.

전설에 이르니, 하늘에서 내리는 최초의 불길을 당시의

신인이 직접 받아서 천하만민(天下萬民)을 이롭게 하고자, 불씨를 퍼뜨렸다고 한다. 그것으로 인간은 비로소 문명에 눈을 떴다고 한다.

신화시대의 불이다.

하여, 화염산주의 불길은 신화시천염(神火始天炎)이라고도 한다.

화명정에서 아함은 오래 기다렸다는 귀빈을 마주했다. 오래 기다린 시간도 시간이려나, 신분 또한 마냥 무시할 것이 아니었다.

뭐라 하여도, 화염산과 더불어서 서천 양대 신비로 손꼽는 천산에서 내려온 자이기 때문이었다.

"흐음."

화염산에서만 구할 수 있는 적염석, 불길이 솟구치는 듯한 무늬가 뚜렷한 흑적의 바윗돌이다. 온기를 깊이 품고 있는 신묘한 바위였다. 그 적염석으로 빚어낸 거대한 태사의, 그 자리에서 아함은 다리를 꼬고 앉았다.

턱을 든 채, 눈 아래로 단 아래를 흘겨보았다. 거기에는 좌우로 홍화선자를 비롯한 팔대산인이 줄지어 섰고, 가운데에는 한 사내가 깊이 고개를 숙이고 있었다.

한쪽은 새카만 흑발, 다른 한쪽은 새하얀 백발을 한 기이한 행색이었다. 그는 고개 숙인 채, 아함의 말을 신중하게 기다렸다.

"천산 공야씨족이라고."

"예, 산주."

천산에 거하면서, 성마를 모시는 다섯 혈족 중 한 곳이다. 그들 오대혈족이라는 자들은 하나같이 선조가 성마에게 직접 피를 받아서, 마인으로 거듭났다고 했다.

눈앞에 있는 장년인은 그 중 공야혈족의 노족장이다. 외견은 이제야 사십 줄에 이른 듯하지만, 실상 그 연배는 백수를 훌쩍 넘긴 늙은 괴물이었다.

반흑반백의 머리카락은 나이와 무관하게 공야씨의 특징이기도 했다.

그런 공야노족장, 공야근이 여기서 아함을 기다린 지가 벌써 닷새였다.

"흐음."

아함은 고개를 꺾으면서 재차 한숨을 흘렸다.

가만히 향하는 눈초리가 사뭇 의아하면서도, 수상하게 여기는 눈빛을 지니고 있었다. 여기에서 공야근은 아무런 적의도 없을 뿐만 아니라, 좋은 조건을 들고 왔다는 사실을 애서 드러내야 했다.

그러나 쉽게 입술을 뗄 수가 없었다.

'경계하고 있다. 어째서?'

천산과 화염산이 딱히 돈독한 사이라 할 수는 없으나, 이렇게 대놓고 경계할 정도로 갈등을 빚은 일도 달리 없는 바이니.

어려운 상황이었지만, 공야근은 의아함이 무엇보다 컸다. 머릿속이 한없이 복잡하게 뒤엉키면서도, 그는 어찌 되었든 말문을 열고자 했다. 성사 여부는 둘째라도 용건은 꺼내야 하지 않겠는가.

"크흠, 산주. 말씀 올리는 것을 허락해주십시오."

공야근은 더욱 깊이 머리를 조아리면서, 극공의 예로써 감히 청하였다.

"하라."

"이것을……."

"오호."

공야근은 참으로 공손한 모습으로, 소매에서 둘둘 말아놓은 죽간을 꺼내었다. 그것을 두 손으로 받쳐서 머리 높이 들어 올렸다. 그것을 받고자 홍화선자가 한걸음 나서는데, 아함이 손을 들어 제지했다.

"공야씨여. 직접 펼쳐라."

"……!"

뜻밖의 말이다. 그만 어깨를 들썩였다. 공야근은 천천히 고개를 들었다. 딱딱하게 굳은 얼굴에는 분노마저 어렸다. 이제까지는 아무래도 좋았다.

푸대접에 가까운 것이나, 경계하는 눈초리는 다 참을 수 있는 일이다. 그러나 전하는 전서를 직접 펼치라니.

"산주시여. 어찌 그런……."

"펼치지 못한다면, 볼 것도 없다. 물러가라."

아함은 턱을 괸 채, 사뭇 심드렁한 어조로 말했다. 아니다. 말은 그리하지만, 눈가에는 붉은 기운이 또렷하게 맺혔다.

보다 못해, 홍화선자가 아함을 돌아보았다.

"산주, 그래도 천산과는 대대로……."

"말장난을 하려 드는군. 말장난을 하려고 들어."

"산주시여, 그런 것이 아니오라."

"너는 내가 마냥 어리게 보이느냐?"

"어찌 감히!"

홍화선자는 바로 엎드렸다. 지금 아함의 웃음은 단순한 웃음이 아니다. 오체투지(五體投地)하듯이 고개를 조아리는 홍화선자는 일체의 주저함도 없었다.

공야근은 이 와중에도 뜻밖이라는 얼굴을 할 수밖에 없었다.

산인의 우두머리로, 화염산 일맥에서도 항시 첫째가는 큰 어른이자, 여장부가 아니었던가. 그런 홍화선자가 아무리 산주라 하여도, 고개 조아리는 것도 부족해, 냅다 엎드리기까지 하다니.

자신이 분노할 때가 아니지 않은가 하는 생각이 강하게 들었다.

'이거 뭔가 잘못…… 돌아가는…….'

그런데 아함의 눈길이 다시 그에게로 향했다.

"천산과 화염산은 대대로 불가근불가원을 고수했다. 그 연유가 무엇이겠나."

"그야……."

공야근은 말을 이어갈 수 없었다. 그는 아함의 불꽃을 품은 눈길에 이미 압도당하고 말았다. 손가락 하나를 움직일 수가 없었다.

공야근은 자신의 속에 품은 성마의 가호가 그만 요동치는 것을 똑똑히 느낄 수 있었다.

천산 직계에게 전하는 마공은 오로지 피를 통해서 전해지는 것으로, 그것은 재능이 있다고 익힐 수 있는 것이 아니고, 직계라고 반드시 발현하는 것도 아니다.

그런 핏줄로 전해지는 혈계 전승의 마공. 그것이 크게 요동쳤다. 설사 성마를 대신하는 좌현사 앞에서라도 있을 수 없는 일이다.

'과, 과연……. 신인이로다…….'

화염산주 또한 성마에 버금가는 신인이다.

아무리 자신이 성마의 직계가 어떻고, 족장이 어떻고 떠들어도, 화염산주 앞에서는 그저 범인에 불과하니.

눈앞의 산주가 한참 어린 소녀 모습을 하고 있다 한들, 본성은 조금도 달라짐이 없다.

공야근은 저도 모르게 일어나는 오한에 바들바들 몸을 떨었다. 이해 불가의 상대였다. 그 또한 성마의 존위를 다시 마주하면 이러할지도 모르겠다.

그러한데. 공야근은 불현듯 깨닫는 바가 있었다.

'좌현사가 굳이 화염산주를 청한 것은 대체……?'

의아함이 덥석 앞섰다.

좌현사가 굳이 중원에서부터 보낸 대지급을 따라서 움직인 바였다. 지금 펼치지 못한 죽간에는 대체 무엇이 적혀 있을지. 덜컥 불안감이 앞섰다.

직계혈족 중에서도 자신이 이끄는 육천공가는 천산의 성지를 지키는 데에 집중할 따름이라서, 좌현사의 급한 소식을 전할 수 있는 사람은 분명 공야씨 일족뿐이었고, 화염산주를 대할 만한 자라면 또한 족장인 자신일 수밖에 없는 일이었다.

화염산주는 흐린 조소를 머금었다.

"본산이 성마의 신비만 못하겠느냐?"

"아, 아닙니다."

공야근은 고개 들기가 어려웠다.

"본산은 먼저 건드리지 않으면, 딱히 손을 쓰지 않기 때문이지. 은원을 맺는 것에 신중한 것이 우리 화염산이다."

"예, 산주. 그 점은 잘 알고 있습니다."

공야근은 겨우 기운을 내어서 답했다.

과거 성마께서도 화염산에는 굳이 복종을 바라지 않으셨다.

하고자 하면 할 수 있겠으나, 돌이킬 수 없는 피해가 더욱 큰 까닭이라.

가깝지도, 멀리하지도 않는 이유였다. 성마에 못지않은 신비라는 것은 분명했다.

화염산주는 다시금 붉은 눈으로 공야근을 내려다보았다.

공야근은 꼭 입술을 깨물었다. 그는 부랴부랴 죽편을 펼쳤다. 좌현사가 급하게 전한 소식이다. 아무리 자신이 족장이라고 한들 내용을 먼저 볼 수야 있겠는가만.

화염산주의 경계와 불신이 이렇게 노골적인 바에야, 그도 다른 도리가 없었다. 눈 딱 감고, 죽편을 펼쳤다.

일순 정적이 내렸다.

진득한 기운이 한차례 솟구쳤다가 갈 곳을 잃고 헤맸기 때문이었다. 죽편마다 새겨진 글자에서 피어오르는 검은 마기라니, 저것이 무엇인지 공야근은 모를 수가 없었다.

"허어⋯⋯."

공야근 입에서는 어이없는 한숨이 튀어나왔다. 자신을 통해서 이런 수작을 부렸다는 것도 어이가 없었지만, 감히 화염산주와 같은 신인에게 이런 것이 통할 것이라고 생각이나 했다는 말인가.

공야근은 다리가 풀려서 일어날 엄두가 나지 않았다.

아함은 히죽 웃으면서 손을 휘휘 내저었다. 그러자 떨어뜨린 죽편이 주르륵 펼쳐졌다. 남은 글자에 몇 줄을 읽고서 싸늘한 조소를 날렸다.

"너희 좌현사라는 자. 제법 재밌는 짓을 하는구나."

"사, 산주시여."

겨우 소리는 내었지만, 아함 앞에서 더는 말을 꺼낼 수도 없었다. 더듬거리는 목소리는 자신이 생각해도 미약했다.

이때 같이 있던 홍화선자가 하얀 얼굴로 싸늘하게 내뱉었다.

"공 족장. 당신도 단단히 미운털이 박힌 모양이오. 이런 것을 들고 오게 하다니."

"서, 선자께서는 어찌 그런 말씀을. 본 족장을……모, 모욕하시려는 것이오?"

"모욕! 그렇다면 먼저 본산을 능멸하려 드는 것은 너희 천산마맥이 아니냐!"

홍화선자는 차갑게 다그쳤다. 흘겨 뜬 눈초리가 한없이

차갑다. 퍼뜩 공야근은 어깨를 움츠렸다. 저것은 괜한 허세가 아니었다.

진정으로 노하였으니. 그때, 탁탁 팔걸이를 두드리는 소리가 울렸다.

홍화선자는 바로 눈빛을 거두고 물러났다. 화염산주가 히죽거리는 눈으로 재밌다는 듯이 그를 내려다보았다. 눈길에는 우스워하는 기색이 역력했다. 공야근은 순간 덥석 숨을 집어삼켰다.

아무 소리도 나오지 않는다. 그것과 동시에 등 뒤로 식은 땀이 마구 솟아서 흘러내렸다.

아함은 가볍게 일어섰다.

"이 몸은 이제 귀찮구나."

"말씀대로."

홍화선자가 나서서 고개를 숙였다. 뒤에 주저앉은 공야근은 전혀 안중에 두지 않았다. 이제는 손님이 아닌 것이다.

아함은 태사의 앞에서 홀연 사라졌다. 드리운 불길이 확 사그라지는 것처럼 갑작스럽다. 그 자리에는 은은한 열기가 자리에 맴돌고 있을 뿐이었다.

공야근은 돌연 사라진 아함의 모습을 보면서도 넋을 잃어서, 어떤 반응도 보이지 못했다. 뭔가 잘못되었다는 생각이 강하게 들었다.

넋을 잃은 그의 앞에 홍화선자가 다시 돌아섰다.

"공 족장은 뭐라 적혀 있는지 아시는가?"

"이 사람은 전령의 신분으로 여기에 왔소이다. 그 내용 까지는……."

"어허, 전령이라 하기 이전에 그대는 천산의 족장이 아 니신가."

"그것은 그렇지만."

더듬거렸다. 다그치는 모습에 더욱 가슴이 내려앉았다.

좌현사, 그가 대체 무슨 속셈으로 화염산주 앞에 수작질 을 벌였으며, 또 무슨 전언을 남겼기에 이러한가. 황망함이 짙은데. 그런 공야근 앞에 그가 떨구고 만 죽편이 불쑥 들 이밀어졌다.

떨리는 손으로 공야근은 그것을 겨우 받아 살폈다.

"……."

입술을 아프도록 꼭 깨물고서, 눈동자가 위에서 아래로, 거듭 오르내렸다.

"으, 으으으……. 으으으!"

움켜쥔 손에 힘이 잔뜩 들어갔다.

서릿발 같은 기운이 일었지만, 그것에 영향을 받을 사람 은 아무도 없다. 다만, 천화의 불길 앞에서 하찮은 마기를 드러낸다는 것이 불쾌할 따름이다.

"이놈……."

낮은 소리와 함께 팔대산인은 방관하듯 물러나 있던 자세를 풀고 앞으로 몸을 숙였다.

"잠깐."

홍화선자가 문득 팔을 들어, 산인들의 예기를 억눌렀다.

그녀 또한 공야근을 향한 눈초리가 곱지 않기는 마찬가지. 그러나 공야근의 반응이 먼저였다. 바르르 몸을 떨던 공야근이 홀연 두 어깨를 늘어뜨렸다.

당장 찢어발길 듯한 죽간을 맥없이 떨구었다.

고개 돌려서 홍화선자를 돌아보았다. 빛없는 눈동자가 아득할 따름이었다.

"좌현사는 내가 여기서 죽기를 바라는 모양이오. 허, 허허……. 이럴 수가 있나."

다른 사람도 아니고, 좌현사에게 버림받았다는 생각이 앞서서 그만 힘없는 한숨이 푹 튀어나오고 말았다. 어느 틈엔가 고인 굵은 눈물이 주룩 흘러내렸다.

죽편에는 구구절절하지만, 하나 쓸모없는 문장만 가득 남아 있었다.

오로지 성마만이 하늘 아래에 유일한 신인이라. 화염산은 이단의 허튼 세월을 그만 거두고 본류에 귀의할 것은 권한다는 둥의 소리였다.

화염산은 오히려 천산에 앞서서 문호를 열었음을 알면서도 이런 소리라니. 다른 수작질을 펼친 것도 부족해서 이딴 문구라니. 결국, 전령에게 죽으라고 하는 소리일 수밖에 없는 일이겠다.

공야근이 비록 좌현사와 대립하고 있다 하나, 성마를 향한 일심 만큼에는 한 점 흐림도 없건만.

"차라리, 가서 죽으라고 말하면 얼마든지 그리 따르려나. 이것은……너무도……."

공야근은 채 말을 다 할 수가 없었다.

참담하고 참혹하여라.

"공야 족장, 그래, 어찌하시겠소."

"……."

공야근은 불현듯 낯빛을 굳혔다. 산주는 자리를 옮겼다고 하지만, 여기에 있는 여덟은 분명히 화염산에서도 큰 부분을 차지하고 있는 이들이었다.

'동귀어진…….'

하려면 못 할 것 없다.

비록 좌현사에게 속은 셈이었지만, 이것이 진정으로 성마를 위한 일이라면 어찌 마다할 수가 있겠나. 그러나 다른 한편으로 생각하면 이것이 오히려 화염산의 역린을 건드리는 것은 아닐지.

일 푼에 지나지 않을지라도, 실로 중차대한 문제라서 공야근은 쉽게 마음을 다잡을 수가 없었다.

"이, 이것은……이것은……."

공야근은 억지로 목소리를 쥐어짰다. 떨리는 목소리에는 갈등이 한없이 짙게 실려 있다.

홍화선자는 한층 신중해졌다. 다른 수작을 부리려고 한다면, 조금도 사정 둘 여유가 없으니.

"공야 족장……. 공야근!"

"성마를 위하여!"

공야근은 버럭 소리쳤다.

아함은 감은 눈을 떴다. 처소로 돌아와 쭉 드러누운 참이었다.

"정말 귀찮군."

외유가 길었던 탓일 수도 있다. 심신이 사뭇 피로하여라. 맨발로 발가락을 열심히 꼼지락거렸다. 그러다가 문득 고개를 들었다.

"흐음……."

정성을 들여서 손질해주던 정 부인의 빗질이 문득 떠올랐다. 참으로 번잡하고 귀찮은 일이지만, 막상 그녀가 가까이 없다는 것을 느끼다니.

"어찌할꼬나."

여기서 또 멋대로 뛰쳐나가기는, 아무리 아함이라 해도 눈치가 보이는 일이다. 투정을 부려야 할 때와 그렇지 않을 때 정도는 구분한다.

아함은 다시 누워 뒹굴다가 문득 턱을 괴었다.

천산의 성마, 그를 따르는 자들이 중원에서 무슨 수작질을 벌이고 있다는 것은 대강 알고 있었다.

그것을 수습하고자 소명이 다시 뛰어다니고 있지 않나.

"에이, 그것들이 아니라고 해도……."

아함은 문득 입술을 삐죽거렸다. 그것도 한 이유이겠지만, 소명은 쉽게 서천 무림으로 발길을 돌리지는 않을 것이다. 그래도 소명 모습을 가만히 그려본다.

"마냥 어리게만 보이는 게 문제란 말이지."

아함은 눈을 가늘게 뜨고서 중얼거렸다. 부스럭하더니, 이내 침상에서 천천히 일어났다.

폐관을 제대로 마무리하였고, 화염산주로서 신공은 물론 제반 절기 또한 모조리 품어낸 아함이다. 이제는 엄연히 당당한 신화의 주인이라 할 수 있건만.

아함은 잠시 멍한 얼굴로 부스럭 일어나 앉았다.

"홍화."

"예, 산주."

밖에서 먼저 소리를 내기도 전에, 아함은 기척을 바로 분간했다. 홍화선자는 이상할 것도 없다는 듯이 공손하게 답하면서 안으로 들어왔다.

"어찌하였나?"

"발악을 하였기에."

"흐흠. 천산에서도 꽤 소란한 것은 알고는 있지만, 공야씨족이라고 하면, 무엇보다 성소를 지키는 자들이라 하지 않았나?"

"영명하십니다, 산주. 말씀대로 성소를 지키며, 절대 산을 떠나지 않는 일족이지요."

"그런 곳의 족장을 전령으로 마구 부리다니. 좌현사라는 작자도 어지간한 모양이지."

"그에 더하여서, 다른 꿍꿍이가 있는 것이 아닐까 합니다."

"흐흠."

아함은 다시 입술을 삐죽거렸다. 무엇이든 영 성에 안 차는 일이었다.

장난질, 공야 족장에게도 말했다시피 화염산을 두고서 장난을 하려 들고 있었다. 여기에 맞장구를 쳐주어야 할지.

"천산 쪽 상황은 파악하고 있다든가?"

"예, 마지막 소식을 들은 것은 석 달 전이라고 합니다만.

다른 변화는 없다고 하더군요."

"석 달 전에는 다른 변화가 없다라. 그럼 지금은 또 모른 다는 거네?"

아함은 문득 고개를 돌렸다. 책망하려는 바는 아니지만, 홍화선자는 드물게 식은땀을 흘렸다.

"말씀대로입니다. 산주."

"음……. 사람을 보내봐. 발 빠른 자로."

"예."

"그리고……."

아함은 말끝을 흐렸다. 지금 하려는 말이 과연 마땅한 것 일지, 딱 잘라서 말할 수가 없는 일이다. 그래도 멈칫한 것 은 잠깐이었다.

아함은 다시 말했다.

"원정 준비를 해놓아."

"원정이라 하심은."

"가깝게는 천산, 멀게는 중원."

"사, 산주!"

"준비라고, 준비!"

아함은 흠칫하는 홍화선자에게 짜증 부리듯이 힘주어 말 했다.

누가 들으면 또 가출한다는 줄 알겠네. 아닌 게 아니라,

그런 속내로 들리기는 하겠다만.

*　　　*　　　*

　홍화선자는 아함의 명을 받아서, 가장 발 빠른 자를 천산으로 보내었다. 같은 산인의 한 사람으로, 홍뢰(弘雷)라는 자였다.

　홍뢰 산인은 한 호흡에 수십 장을 우습게 뛰어넘고, 수십 리 길을 한달음에 내달리고서도 전혀 흐트러짐이 없다.

　보신경에 있어서는 가히 독보적이라 하겠다.

　그것 하나로 팔대산인에 들었을 뿐만 아니라, 원체 가벼운 성격으로 이래저래 뛰어다니는 것을 좋아도 하였으니.

　다른 이라면 산인의 지위에 있으면서 적정을 염탐하는 일에 자신이 직접 나서야겠느냐고 불평할 수도 있는 일을, 아주 반갑게 받아들였다.

　아예 하늘을 날 듯이 가로질렀다.

　화염산의 지극한 열양공으로, 열풍을 두 손의 장심과, 두 발의 용천으로 세차게 뿜어내어서는 무섭게 솟구쳤다. 허공을 가르는 와중에도 흐트러지는 기색은 조금도 없었다.

　목을 꼿꼿하게 세우고, 눈가를 때리는 바람을 그대로 맞받았다.

완벽에 가까운 보신경, 잔망스러운 성격에 더하여서 열
양공 하나로 특유의 보신경을 완성해내었으니, 그 재지는
또 어떠하겠나.

하지만 그런 홍뢰에게도 단점이라 할지, 약점이라 할 것
이 하나 있으니.

"끄엑!"

홍뢰는 안개를 뚫고 엄습하는 새하얀 설산에 그만 내리
꽂히다시피 했다. 퍽! 울리는 소리가 새삼 크게 울린다. 쌓
인 것이 눈밭이라 망정이지, 그냥 바윗돌이나, 맨바닥이었
으면 크게 상했을 뻔한 일이다.

홍뢰는 얼얼한 얼굴을 더듬었다.

"아이고, 코야. 또 안 보였네."

그는 잔뜩 눈살을 찌푸리고는 쌓인 눈을 더듬었다. 그래
도 산, 바위는 대충 헤아려서 피할 수라도 있지, 설산은 하
늘빛과 닮아서는 분간하기가 어려웠다.

홍뢰는 눈이 참으로 좋지 않아서, 제 눈앞으로 손바닥을
펼쳐 들이밀어도 눈금 한번 헤아리기가 어려웠다. 그는 연
신 눈을 끔뻑였다.

"에고, 에고고……. 그래도 눈이 차갑게 쌓여 있으니. 아
주 엉뚱한 곳으로 오지는 않았구만."

홍뢰는 주변을 대강 둘러보았다. 한참, 한참 얼굴을 구기

면서 이리저리 살핀 끝에 고개를 끄덕였다. 그래도 길눈마
저 어두운 것은 아니라 다행이겠다.

홍뢰는 짧은 머리카락을 거칠게 쓸어넘기고서 홀쭉 두
볼에 잔뜩 부풀렸다. 그는 흡흡, 눈 모래가 섞인 찬바람을
연신 들이켰다. 이제부터는 신중하게 움직여야 했다. 그는
전신의 모공을 열고서 가능한 모든 범위로 코와 귀를 집중
했다.

천산 마도의 흔적을 찾기 위해서였다. 그들은 애초에 숨
었다고 할 수도 없었다.

천산 전역이 온전하게 성마의 권역이라 하겠으니.

비록 수 대 전부터 천산 한 곳에 검파가 이뤄져서 천산파
라고 한다지만, 그것은 아득한 천산산맥의 한 줄기에 지나
지 않는 바였다.

본래에 성마를 따르는 천산 마인의 규모는 일성이라 칭
하기에도 부족함이 없었다.

홍뢰는 눈을 꼭 감고서, 조용히 움직였다. 여기서부터는
눈이 별반 도움 되지 않는다.

천산에는 무외계(無畏界)라고 칭하는 또 다른 세상이 있다.

성마의 전설이 시작된 곳이며, 성마교의 본산이기도 한
곳이다. 홍뢰는 그곳을 찾아 조심스럽게 움직였다.

아득한 곳.

규모만 놓고 얘기를 하면, 분명 화염산은 이들 일족에 하나, 둘 정도에 불과할지도 모르겠다.

홍뢰는 창천 하늘 위로 흩어지는 눈발을 헤치면서 조심스럽게 움직였다. 귀와 코를 활짝 열었고, 흐린 눈이라도 잔뜩 집중했다.

그리 더듬어가면서 무외계 가까운 곳으로 신중하게 다가섰다.

얼마나 헤매었을까. 파악한 곳으로 다가가 홍뢰는 귀를 집중했다. 그런데 그의 야윈 얼굴이 형편없이 일그러졌다.

"어으잉?"

당황한 소리가 절로 튀어나왔다.

이상한 일이었다.

마도의 체취가 짙게 배어 있었다. 오래도록 그곳에 거하였다는 뜻이겠다. 그런데 오직 정적뿐으로 때때로 이는 바람에 수풀이 흔들리고, 쌓인 눈발이 흩어지는 소리만 닿았다.

사람 소리가 하나 없으니. 이게 어찌 된 영문인지.

홍뢰는 결국 감은 눈을 떴다.

"흐으음. 이것이 또한 마도의 진세 탓일 수도 있는 것이니."

그는 한층 신중한 모습으로 허리를 세웠다. 파진은 쉬운 일이 아니겠지만, 그 틈바구니를 찾는 것 정도는 어찌 가능하지 않겠나.

웅크리고 있다가 나서는데, 눈밭에 하나 흔적을 남기지 않고(踏雪無痕), 조용히 움직였다.

어느 틈엔가 하늘에는 잿빛 구름으로 가득했다. 눈 한 번 깜박할 사이에 굵은 눈발이 펑펑 떨어졌다. 이는 바람 소리는 요란했다.

눈 쌓여가는 바위 위에 설표 한 마리가 소리 없이 올라섰다. 하얀 몸에 검은 주름이 짙었다. 설표는 노란 눈을 깜빡거리면서 바람을 따라서 좌우를 두리번거렸다.

삽시간에 사방이 하얗게 물들어 있는데, 문득 두 개의 점이 꾸물꾸물 움직이고 있었다. 설표는 그르릉, 고개를 갸웃하면서 움직이는 것을 한참 지켜보았다.

멀리서 설표가 보고 있는 것이야 어떻든, 둘은 열심히 앞으로 나아갔다.

"으아악! 이딴, 이딴 눈바람!"

짜증을 한참 담은 일갈이 버럭 터졌다. 세찬 바람 소리를 뚫고 울릴 정도였다. 나선 그는 앞장서서 움직이는 탓에 머리부터 발끝까지 온통 하얗다.

눌러쓴 털모자가 하얗게 보일 정도로 쌓인 눈이 묵직했다.

"각오는 했지만, 이렇게 급격하게 고약해질 줄은!"

바로 뒤를 따르는 이가 소리를 높였다. 둘 모두 공력이 상당한 경지에 이른 자들이었지만, 목이 아플 정도로 목소리를 높이지 않으면 소통이 되지 않을 정도였다.

바람 소리는 거세었고, 날은 험하다.

두꺼운 가죽으로 감은 각반이 눈 속으로 푹푹 파고들었다. 이래서야 기껏 가죽을 준비한 의미가 없을 정도였다. 바람에 흩날리는 굵은 눈발은 얼어 있기까지 해서, 스칠 때마다 따끔거렸다.

두 인영은 한참을 고생해서 겨우 비탈진 길목 위에 올라섰다. 그러다가 선두의 사내가 버럭버럭 소리쳤다.

"저기 바위! 바위 뒤로!"

이대로 계속 나아갔다가는 조난당하든가, 동사하든가 둘 중 하나다. 다른 도리가 없었다.

그의 급한 소리에 뒤따르는 이도 알았다고 크게 소리쳤다. 두 사람은 허겁지겁 발길을 돌렸다.

비스듬하게 기울어 있는 바윗돌이 큼직했다. 그 아래에 틈이 있는 것이 얼핏 보였다. 둘은 그곳으로 뛰어들다시피 했다.

그러자 울리는 바람 소리가 당장에 줄어들었다.

흐악, 흐악.

바윗돌에 등 기대고서 그만 주저앉았다.

숨 돌리는 게 무엇보다 우선이었다. 천산에 익숙한 사람이라 하더라도, 이만한 악천후는 드물었다.

이런 날씨에도 강행군을 택하여서 천산 오지에 오른 연유가 오히려 의아할 정도이다.

분명한 것은 아주 최악의 날씨에 최악의 장소에 있다는 것이다.

선두의 사내는 주저앉기가 무섭게 눈 쌓여 무거운 털모자를 냅다 벗어 던졌다. 그러자 상투를 올린 머리카락이 드러났다. 어둑어둑한 가운데, 흑백이 뒤섞여서 잿빛 머리카락이 유독 눈에 들어왔다.

바위 밑에 든 것만으로도 일단은 살 만했다. 그렇다고 가만히 있을 상황은 전혀 아니었다.

두 사내는 부랴부랴 자리를 잡고서, 누가 먼저랄 것도 없이 공력을 돌렸다.

머리에서 발 끝까지. 이런 곳에서 젖은 몸을 내버려 두었다가는 험한 꼴을 당한다. 아무리 고수라고 한들 피할 수 없는 일이다.

소란한 참에도, 두 사람은 이내 운공에 들었다. 그들 어깨 위로 하얀 김이 모락모락 피어올랐다.

각자의 방식으로 몸을 살피기를 한참, 이내 먼저 깨어난 이가 젖은 옷을 간단히 털고, 어둑한 바깥을 잠시 살폈다.

비스듬하게 기울어 있는 바위 덕분에 눈바람은 피해서 다행이기는 하지만, 내내 이렇게 있을 수도 없으니. 얼굴이 한참 심각했다.

"후우, 성소 있는 곳이 바로 너머인데. 여기서 딱 험한 날씨에 마주할 줄이야. 난처합니다."

젖은 도포를 걸친 사내가 뒤에서 한숨 섞인 목소리로 말했다. 그러자 밖을 내다보던 사내가 어색한 얼굴로 돌아보았다.

"죄송합니다. 악 도형. 제가 굳이 살피고자 하지만 않았어도……."

"어디 그런 말씀을. 성마교의 동정을 파악하는 것은 본파의 의무이기도 합니다. 저희가 알지 못하는 사이에, 마도가 중원에서 큰 소란을 피우고 있다는데. 하아, 어찌 보지 않을 수가 있겠습니까."

악씨의 도사는 당연한 일이라는 듯이 손을 내저었다.

그는 천산파의 대제자로, 비응십삼검의 수장인 악무기라는 인물이다. 그리고 면목 없는 얼굴로 있는 사내는 중토(中土)의 귀한 손님이다.

천룡세가의 가인으로, 혁련후라는 자였다.

천룡의 후대를 책임지는 잠룡 중 하나, 그리고 소천룡 과를 보필하였던 그가 천산파를 찾은 것이다. 천룡대야의 명이니 어찌 마다할까.

그는 천산파에서 소식이 끊긴 막내 사제, 장관풍의 소식을 직접 들고 왔다.

처음에는 멋대로 하산이라도 하여서 탈문한 게 아닌가 하고 노발대발하기도 하였고, 아니면 천산 어디에 실족하여 변을 당한 것이 아닌가 하여서, 수시로 산길을 헤집고 다니기도 했다.

그런데 천만뜻밖에도 수만 리 바깥에서 그놈 소식을 들고 온 자가 있을 줄이야. 어디 꿈에라도 생각하겠나. 그것도 중토 무림의 전설이라고 하는 천룡세가였다.

더불어서 화염산 쪽에서도 사과의 뜻을 같이 전해왔다.

그 전령으로 온 것이 눈앞의 사내, 혁련후이다. 외견으로는 단아하여서 언뜻 유생의 모습이었다. 그러나 깊은 천산파에 이르러서도 숨결이 조금도 흐트러지지 않았다.

지금만 해도, 바로 숨과 공력을 다잡지 않았는가. 천산파 대제자인 자신보다 공력을 수습하는 게 빨랐다.

상당한 자였다.

그에게는 또 한 가지 임무가 있었으니, 그것은 천산파에

장관풍의 소식을 전하는 한편, 천산 성마교의 동정을 파악하는 일이었다.

중원 일대가 성마교의 마인들로 인해서 작지 않은 혈겁이 거듭 벌어지고 있었다. 천산에 거하고 있는 마인들 마저 넘어왔다면, 그것은 곧 전면전을 뜻하는 게 아니겠는가.

악무기는 고개를 흔들었다. 그는 곱은 손에 후후, 더운 숨을 불어넣고서 주변을 살폈다.

눈과 바람은 피했지만, 그렇다고 추운 데에서 젖은 채, 내내 있을 수는 없는 노릇이었다. 공력으로 몸을 살피는 것도 한계가 있었다. 바위 아래는 한참 어둑어둑해서, 한밤중이나 별반 다를 바가 없었다.

혁련후가 밖을 살피고 있을 무렵, 악무기는 짐을 잔뜩 뒤적여서는 무엇이라도 태울 것을 찾았다.

"이런, 불씨라도 챙겼어야 했는데."

"여기 화로가 있네."

"오오."

문득 옆에서 작은 화로 하나를 밀어주었다. 시커먼 화로는 비록 볼품없었지만, 이때에 더없이 반가운 물건이 아닌가.

젖은 바닥에서는 아무래도 불을 붙일 수가 없으니.

악무기는 반기면서 당장 짐 속에서 잡다한 것을 때려 넣었다. 찢어진 옷자락이라든지, 낙서하다가 만 목편 조각 따위였다.

그러고서 바로 불을 붙여볼 참이다. 쪼그리고 앉아서는 한참 낑낑거리는데, 바람도 바람이었지만, 눈보라를 헤치면서 온 탓에 죄 젖어서, 불붙이기가 쉽지 않았다.

"이런……이런……."

"쉽지 않아 보이는구먼."

혀 차는 소리에 옆에서 가만히 거들었다.

"음, 아무래도 한껏 젖었으니. 도리가 없겠소."

"내가 해보지."

"아, 미안합니다."

"어디 미안할 것까지야."

너무도 자연스럽게 대화를 주고받았다. 악무기는 다가선 기척에 슬쩍 옆으로 비켰다. 그 자리에 다른 이가 앉아 손을 뻗었다.

그는 바닥에 굴러다니는 차갑게 굳은 나뭇조각 하나를 집어 들어서는 획획 가볍게 흔들었다. 그러자 단박에 쩌적! 소리가 나면서 말라붙더니, 곧 연기가 피어올랐다.

치지지직! 화륵!

사내는 같은 방식으로 주변 나뭇가지를 대강 그러모아서 작은 화로 속에 불붙여 던져 넣었다. 그러고는 손을 탁탁

털었다.

불길이 새삼 일어서 주변을 밝혔다.

"후우, 그래도 제법 잘 타네."

"그렇군요. 으이잉!"

악무기는 뒤늦게 사내 모습을 다시 보았다. 화들짝 놀라서 주춤 물러났다. 당연히 혁련후라고 생각했는데, 전혀 다른 사람이다.

"따뜻하기만 하고만. 왜 그러고 있냐, 천산파 애송이."

"다, 당신은!"

낯선 사내는 화로 앞에 두 손을 내밀고서 불기운을 쬐었다. 어째 나른한 얼굴이다.

기겁하는 악무기를 별생각 없는 눈으로 흘깃 돌아보았을 뿐이다. 그마저도 잠깐이었다.

어차피 손 쓸 상대도 아니다.

서로가 그러한 사이였다. 악무기도 놀라기는 했어도 검을 뽑지는 않았다. 급히 돌아선 혁련후 또한 신중한 기색으로 있었다.

성마교 마인이 아닌 것은 분명하다. 그리고 얼어 있는 장작을 한순간에 바짝 마르게 했을 뿐만 아니라, 바로 불을 피워낼 정도의 공력이다. 다른 곳 사람일 리가 없었다.

바로 화염산이다.

악무기는 손을 놓고서 화롯가 다른 쪽에 쪼그려 앉았다.

"아니, 여기는 어찌 오셨습니까?"

"응? 어찌 오기는 달려왔지."

사내는 태연하게 대꾸했다.

얇은 홑옷 차림에 머리는 산발한 사내, 화염산 팔대산인의 한 사람인 홍뢰였다.

"먼저 말해두겠는데. 여기는 내가 먼저 와 있었다고."

"하, 하하……."

홍뢰는 곧 굵은 콧방울을 움찔거리면서 킁킁거렸다.

"에고, 추워라. 에고고, 추워."

"아니, 화염산에서 오신 분이 무슨 추위를 그리 타십니까?"

화염산이라고 하면, 바위조차 녹이는 열양공을 뿌리로 삼는 자들이다.

웅크린 홍뢰를 보는 눈초리가 곱지 못했다. 그러나 홍뢰는 콧물을 훌쩍였다. 대단한 열양공을 품었다 해도, 막상 천산 높은 곳에서 마주한 눈바람은 가혹했다.

"제기, 나도 사람이야. 천산을 헤집고 다닌 지가 벌써 사흘이다. 사흘."

홍뢰는 턱 끝을 치켜들고서 짜증을 냈다.

"사흘? 아니, 사흘 동안 뭣 하러."

"에잉……."

홍뢰는 앓는 것처럼 잇새로 한 소리를 짓씹었다. 그리 좋은 기색이 아니다.

"악 도형, 이분께서는 어느 고인이신지?"

"아, 이분께서는 화염산의……. 에……."

악무기는 소개하듯이 돌아봤지만, 말끝을 흐렸다. 화염산이라는 것 정도나 알 뿐이다.

애당초, 화염산 자체가 신비에 가까운 곳이 아니던가. 한 번 움직이면 뿌리조차 남기지 않으나, 그만큼 쉽게 움직이는 곳도 아닐 뿐만 아니라, 감히 범하는 자도 없는 곳이 바로 화염산이다.

"크흠, 크흠, 화염산, 팔대산인의 홍뢰라고 한다."

"아, 홍뢰 산인이시군요."

악무기와 혁련후는 두 손을 맞잡았다. 산인이라고 하면, 분명 화염산의 주인, 산주의 바로 아래에 있는 자들로, 천산파에서 말하자면 장로 격에 있는 인물이다.

홍뢰는 휘휘 손을 내저었다.

"일단은 와서 불이나 쬐라고. 젖은 채, 찬바람을 맞는 것은 그리 좋은 일은 아니니."

아무리 공력이 있다고 해도, 자연은 무서운 것이다. 혁련후도 일단은 불가 앞에 바짝 다가가 앉았다.

기이한 조합의 세 사람은 그렇게 나란히 어깨를 맞대고 서 타오르는 불길을 쬐었다.

홍뢰는 콧물을 훌쩍이다가, 퍼뜩 눈동자를 돌렸다. 이제 숨은 다 돌린 상황이다. 바로 옆에서 악무기가 사뭇 뾰족한 눈초리로 그를 흘겨보고 있었다.

"왜 그런 눈 꼬락서니야?"

"가만히 잘 있는 본파 제자를 그리 끌고 다니고서 그런 말이 나오시오!"

"천산파 제자를 끌고 다녀? 누가? 내가?"

"그쪽의! 크흠, 크흠."

버럭 하려다가, 악무기는 일단 목을 부여잡았다. 아무리 울컥해도, 그렇게 쉽게 입에 올릴 이름이 아니다. 짧게나마 숨을 돌렸다.

한층 차분하게.

"화염산의 신인께 드리는 말씀입니다."

"아, 산주께서 말이군."

홍뢰는 그제야 고개를 끄덕였다. 그것은 할 말이 없는 일이다. 그렇지않아도 홍화선자에게 당부 아닌 당부를 듣기도 한 터였다.

홍뢰는 다시 콧물을 훌쩍거렸다. 달리 할 말이 없기도 하였으니. 그는 머쓱한 채, 말을 돌렸다.

"자아, 어쨌든 나도 그렇고, 그쪽 천산파도 그렇고, 같은 이유로 움직이는 것 같은데 말이야. 서로 간 보는 것은 관두자고."

"음, 그건 그렇소만."

악무기는 인정하면서도, 쉽게 받아들이지는 못했다. 조심하는 기색인데. 혁련후가 퍼뜩 고개를 세웠다.

"홍뢰 산인께서는 성마교도들의 동정을 파악하고자 하십니까?"

"그렇다니까."

"그렇다면 서로 도움이 되겠군요."

혁련후는 반색했다. 바로 뜬 눈가에 정광이 흐른다. 그런데 홍뢰는 흘깃 혁련후의 눈을 마주하다가 획 고개를 돌렸다.

"도움이 될 것도 없다."

"어찌하여?"

"사람이 없어."

"네에?"

뜻밖의 소리이다. 홍뢰는 뒤로 몸을 젖혔다. 내뱉는 한숨소리가 길게 흘렀다. 한참 지친 표정이다. 그러자 악무기는 퍼뜩 사흘을 헤매었다는 말을 떠올렸다.

"사흘 동안 천산을 헤매었다는 것이."

"그래, 성마교의 광신도 놈들. 그 일족들이 흩어져 있는 곳을 모조리 살폈지. 수백 년 동안, 자리 비운 적이 없는 작자들이 모조리 떠나버렸더군."

"……."

"살피고 살피다가 여기까지 와버렸다네."

홍뢰는 말을 맺고서 삐딱하게 고개를 기울였다. 다들 입을 굳게 다물었다.

천산이 비어 있다.

성마의 교도들, 성마의 피를 받아서 혈족을 이룬 자들이 성소를 비우고서 사라졌다. 그게 무슨 뜻이겠나.

꿀꺽…….

누군지 마른 침 삼키는 소리가 크게 울렸다.

홍뢰는 그들 심정을 알 만했다. 직접 산을 뒤진 자신도 자기 눈을 믿지 못할 정도의 일이었다. 에효, 한숨을 흘리며 다시 화로 불길을 들쑤셨다.

잔불이 일면서 불티가 타탁 튀어 올랐다.

홍뢰는 불길을 보면서 낮게 중얼거렸다.

"너머의 장소, 그러니까 성마의 성소가 마지막이다. 저곳에서도 없다면, 성마를 따르는 자들은 모조리 산을 떠났다고 봐야겠지."

"그렇군요."

홍뢰의 목소리에는 기운이 없었다. 그는 고개를 흔들고서 너머를 향해 눈을 돌렸다.

"으휴, 어서 빨리 따뜻한 산으로 돌아가고 싶구만."

홍뢰는 부르르 어깨를 떨었다. 혁련후는 문득 호기심 짙은 눈으로 홍뢰를 돌아보았다.

"화염산은 어떤 곳인가요?"

"응? 본산 말인가? 우리 화염산이야. 참……."

홍뢰는 문득 아득한 눈으로, 쓴웃음을 머금었다.

사막 끝에 우뚝 솟은 붉은 산. 용암을 품은 탓일까, 년년 할 것 없이 무덥고, 지맥이 불안정하여서 종종 땅이 들썩거리기도 한다.

마냥 마음 놓을 수도 없어서, 수시로 몸을 피하는 것이 익숙한 곳이다.

"지독한 곳이지."

홍뢰는 그렇게 말하고서 하하하, 웃었다. 하는 말과는 달리 속 편한 웃음이다. 웃음이 잠시 흩어졌다.

날이 저물었다가, 다시 밝아올 즈음에야, 눈바람도 잦아들었다. 흩날리는 약간의 눈꽃은 하얗게 반짝거렸다.

세 사람은 이제야 어깨를 나란히 하고서 바위 아래를 기어 나왔다.

"후우, 오늘이 마지막인 셈이군."

홍뢰는 사뭇 진지하게 중얼거렸다. 그는 잘 보이지 않는
너머를 살핀다고 잔뜩 눈살을 찌푸렸다.

이때부터는 홍뢰도, 혁련후도 악무기가 가는 대로 순순
히 따랐다.

악무기가 더 길눈이 밝은 것도 있었고, 오래도록 성마교
와 대치한 까닭에 대강을 파악하고 있다는 것이 제일 큰 이
유였다.

겨우 몸을 숨겼던 바위를 돌아서 오르내리기를 한참.

이미 천산 어림을 훑으면서, 성마교의 마을을 훑어낸 홍
뢰였지만, 악무기를 따라서 움직이면서는 사뭇 탄성을 흘
렸다. 이런 길은 미처 밟은 바가 없었다.

그리고 곧 숨은 길이 있었다.

그곳에 들어서면서부터는 전혀 다른 세상에 든 것처럼
기이한 느낌이 강하게 들었다. 경지에 이른 무인이라면 더
욱 선명하게 느낄 수 있는 차이였다.

"여기부터가……. 성소라 하겠습니다."

악무기가 한층 숨죽여서 말했다.

바깥과는 바람부터가 달랐다. 잦아들었다고 하지만, 어
둑한 하늘에서는 흩날리는 눈발이 따가웠다. 그러나 이곳
에서는 전혀 달랐다.

온기 품은 훈풍이 가만히 흩날렸다. 그렇다고 마음 놓을 수가 없는 것이, 공력이 서로 다른 세 사람이 동시에 압박을 느끼고, 어깨를 움츠렸다.

경지 고하로 따질 일이 전혀 아니었다. 너머에서 위험을 감지하였기 때문이다. 그리고 드러난 것은 적당한 규모로 있는 목가적인 마을이었다.

돌을 쌓아서 만든 가옥이 정갈하게 자리했다.

"허어, 여기가 성소……이간. 생각한 것과 크게 다르군."

"과연, 과연. 이 위압감은 간단치가 않습니다."

홍뢰도 그렇고, 혁련후도 그렇고. 둘은 긴장한 가운데에도 연신 주변을 두리번거리면서 감탄했다.

천산의 험한 산세며, 혹독한 날씨가 극적으로 바뀌어서는 이렇게 평화로운 마을의 전경이 드러나다니. 어제 몰아친 눈 폭풍도 이곳에는 이르지 못한 모양이었다.

다들 감탄하는데.

"끄응……."

악무기는 얼굴을 잔뜩 구겼다. 팔자 좋게 감탄하고 있을 때가 아니건만. 그래도 뭐라고 말은 못 하고, 악무기는 입술을 깨문 채, 고개를 들었다.

마을 끝에는 하얀 바위가 크게 자리하였는데, 여기서 보기에도 범상치 않은 모습이었다.

저곳이 바로 성소, 성마교의 심장이라고까지 하는 곳이었다. 가까워질수록, 그곳 향하는 발걸음은 점점 무거워졌다.

이미 불안감은 크게 엄습했다. 마을 어느 곳에서도 인기척이 전혀 없었다. 이렇게까지 자리를 비울 수가 없는 곳인데.

두 사람도 이내 입을 꽉 다물었다.

앞장서는 악무기는 당장 얼굴에 진땀이 맺혔다.

아무리 성마교와 오래도록 대치한 천산파라고 하더라도, 여기까지 든 일은 한 번도 없었다.

아니, 성소는 무슨. 혈족들이 있는 곳도 좀체 가까이 접근하지도 못했으니.

절로 긴장할 수밖에 없는 일이다. 하지만 저곳을 확인하는 것이 무엇보다 우선이다. 저곳마저 비었다면, 그것은 어떤 의미로든 최악일 수밖에 없다.

그리고 세 사람은 그곳에서 최악의 상황을 목격했다.

아무것도 없었다.

아무것도.

상황을 파악하기가 무섭게, 세 사람은 바로 튀어나왔다. 긴 얘기를 할 것도 없었다.

남겨진 것만으로 정황은 명백했다.

성마교는, 마교는 모두 천산을 벗어났다. 그들이 어디로 향하였을지는 굳이 고민할 것도 없는 일이었다.

*　　　*　　　*

마른 잡초가 이는 바람에 요동쳤다.

시든 녹음이 무성한 언덕길이다. 그곳으로 한 무리의 인영이 올라섰다. 그들은 두건을 눌러쓰고, 장포를 뒤로 펄럭였다.

아득한 먼 길을 지나온 모양인지. 그들은 어디 할 것 없이 온통 흙먼지로 지저분한 모습이었다.

문득 한 사내가 걸친 두건을 뒤로 넘겼다. 그러자 반백반흑의 기이한 머리카락이 드러났다. 공야씨족의 특징이다.

사내는 화염산에서 마지막을 맞이한 공야근과 똑같은 모습이었다.

성마의 피를 물려받은 혈족, 그렇기에 어떤 특징이 외견으로 드러나는 경우가 왕왕 있었다. 손이 귀한 공야가의 경우에는 유독 그런 면이 두드러졌다.

당대의 가주, 공야근을 배제하고서, 마지막 공야씨족이라 할 수 있는 공야성이 여기에 섰다.

그는 언덕을 할퀴고 흩어지는 중원의 차가운 바람에도 미소 지었다. 계절 구분할 것도 없이, 년년 칼날같이 차가운 바람이 몰아치는 천산을 생각하면, 이것은 훈풍이나 다름없다.

온화하다고밖에는 할 수 없는 하늘, 기름진 땅.

동장군이 다가오느라, 메마른 땅이라고 하지만 공야성과 그를 따르는 씨족 사람들 눈에 중원의 땅은 보배처럼 보일 법도 했다.

공야성은 곧 웃는 입매를 끌어내렸다.

"그런 삿된 것을 위해서 내려온 길이 아니지. 아무렴, 아니고말고."

그들이 바라는 것은 오직 존체를 되찾아, 성마의 영광을 다시 밝히는 것이 아니겠나.

다시 뜬 공야성의 두 눈에는 오로지 백광만이 가득하여서 섬뜩하게 번뜩였다. 그들이 서 있는 곳은 이미 관중의 한 곳이다. 여기서 겨울에 접어들었음에도 생기가 흐르는 중원의 땅을 물끄러미 내려다보았다.

차가운 눈.

아무런 감정도 없다.

이제부터는 자신을 비롯한 모두가 제물로서 불타오를 때인 까닭이다.

“모든 것은 성마의 뜻대로.”

“성마께서 지켜보시니.”

뒤로 줄지어 있던 여럿이 공야성의 말을 받으면서 두건을 뒤로 넘겼다.

백광을 품은 공야성, 그리고 다른 색색의 안광을 발하는 자들이 히죽 웃었다. 그 모습은 틀림없이 마인이다.

그것도 가장 순혈에 가까운 마인들.

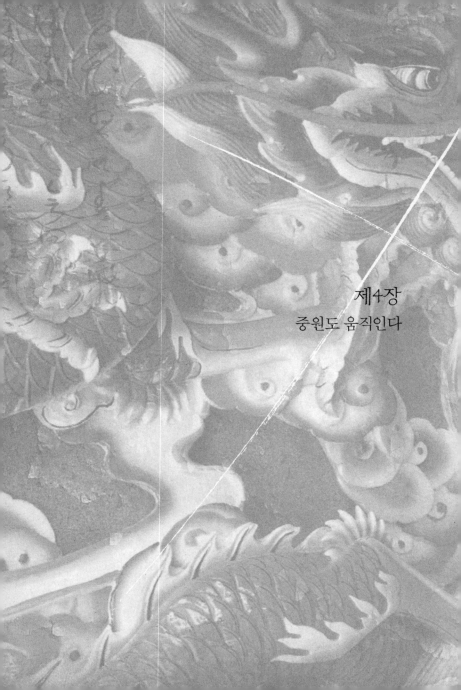

제4장
중원도 움직인다

중원이 요동치고 있다.

어디선가 비롯한 암운이 급격하게 몰아치면서, 곳곳에서 크고 작은 일을 벌였다.

만천하에 흉한 일이 연이어 벌어졌다.

그중에는 하북 땅 정주도 있었다.

정주에 자리한 담씨일족의 정명장.

그곳은 일대를 관장하는 오랜 무가이면서도 토호로, 역사가 상당하다. 그런 정명장으로 노장주 담일산이 돌아왔다.

"노장주!"

"장주!"

"음."

담 가주, 담일산은 성큼성큼 안으로 들었다. 그는 차림새가 평소 모습이 전혀 아니었다. 검은 전포를 뒤로 늘어뜨리고, 아래에는 가벼운 경갑을 걸쳤다.

흡사 전장에서 막 돌아온 장수와 같은 모습이었다. 그리고 그것이 사실이었다.

성 부인이 문 앞에서 기다리고 있다가 다가오는 담 가주에게 바로 다가섰다.

"상공, 고생하셨습니다."

"어디 고생이랄 것이 있겠소."

담일산은 쓴웃음을 짓고서 전포를 벗어 성 부인에게 건네었다.

"상황은 어떻던가요?"

"음, 일단 하북 일대의 잔존세력은 모두 일소한 셈이오. 십삼황자께서 과감하게 결정을 내리신 덕분이기도 하려니와, 황상께서도 크게 성심을 쓰신 게지."

담일산은 고개를 끄덕였다.

그는 곧 전포를 팔에 걸고 선 성 부인을 돌아보았다.

"미안하오. 일이 이리 되어서."

"별말씀을 다 하십니다."

말년을 맞이하여 부부가 함께하고자 떠난 유람이 그만 강호에 다시 없을 기행이 되었고, 그 끝에 천하 변란을 마주하고서 급히 본가로 돌아왔다.

상황이 얼마나 중하였는지.

담일산은 이내 십삼황자 이름으로 부름을 받아서 수십 일간 하북 곳곳을 살피고서야 돌아온 참이었다.

그동안, 곳곳에 숨어든 마교의 잔존세력을 치우는 데에 정신이 없었다. 하도 은밀한 탓도 있으려나, 역시 마교에 속한 자들은 하나같이 괴이에 속하였기 때문이었다.

어지간한 공력으로는 상대조차 어려웠다.

그래도 강호에서 뜻있는 인사가 여럿 모였고, 십삼황자가 기틀을 다잡아둔 덕분에 일은 수월하게 마무리할 수 있었다.

곧 가주전으로 향하려는데, 성 부인이 잠시 그를 잡았다.

"부인."

"차분하세요. 노가주께서 서두르시면, 다른 이들도 긴장합니다."

"흐음, 옳은 말이요. 내 잠시 마음이 급했소."

담일산은 고개를 끄덕였다. 그가 없는 사이에 정주에서도 거듭 일이 벌어지지 않았던가.

오는 중에 대강만 들었을 뿐이라서, 지금 좀체 마음이 안정되지 않았다.

후우.

한숨을 다잡고서, 담일산은 한층 미소를 머금었다.

"이제 진정하였소."

담일산은 그리고 가주전으로 향했다.

문 앞에는 대행을 맞고 있었던 후계자, 담아인이 기다리고 서 있었다.

"아버지, 이제야 돌아오셨군요."

"고생했다. 잘해 주었어."

"아닙니다. 다만, 제가 부족하여서."

담아인은 말끝을 흐리면서 고개를 숙였다. 질끈 깨문 입술에 분한 기색이 역력했다.

그런 자식의 어깨에 손을 올려서 잠시 다독였다.

"지금 상황은 어떠하냐?"

"당장 본가에 피해는 미비합니다만. 정주 외곽 백성들 피해가 작지 않습니다."

"그런가. 내 오면서 보기는 하였다."

수년 전에 벌어진 큰 난리, 남호동 대화재가 절로 떠오르는 모습이었다.

"그 정도로 마무리하였다니 참으로 다행이다. 그리고 다른 일은 없느냐?"

"예."

그는 좌우를 괜스레 살피고는, 한 걸음 다가서 담일산의 귓가에 무어라 속삭였다. 담일산은 귓속말을 신중하게 들었다. 미간에 팬 골이 더욱 깊어졌다.

"과연, 그렇단 말이지. 그들을 만나봐야겠구나."

"예, 바로 자리를 마련하겠습니다."

"좋다."

담일산이 고개를 끄덕이기가 무섭게, 담아인은 바로 움직였다.

가주인 담일산을 기다리기도 했지만, 나름대로 방책을 강구한다고 하여서, 가까이 두었기 때문이었다.

나가고 얼마 시간이 지나지 않아서, 세 사람이 담아인과 함께 안으로 들어왔다.

그들은 담아인의 내자이면서 또한 남동삼협이라 불리는 여협 장인지, 홍화철방의 여걸인 홍유선, 그리고 마지막으로 송가의방 주인인 송 의원이었다.

"오시었소."

"담 노가주."

세 사람은 동시에 두 손을 맞잡았다.

남동삼협은 이제 정주를 넘어서, 하북 땅에 이름이 자자

한 협객이다. 그러면서도 널리 알려지지는 않았지만, 육대 고수 중 한 사람인 월부대도 문하이기도 했다.

대도 문하라고 하기에는 각자 익힌 무공이 다 제각각이었지만, 부족함 없는 무공을 지닌 것만은 분명했다.

당장 막내인 장인지만 해도, 담가 여느 무인에 못지않았다.

하북을 크게 휩쓴 마교 일소의 광풍 속에서도 정주에 큰 소란이 없었던 것은, 여기 삼협이 진즉에 나선 덕분이기도 했다.

정주 일대에서는, 개방 못지않은 체계를 갖추어 놓고 있었기 때문이었다.

"아버님."

"오, 그래. 아가."

"원행에 돌아오셨는데. 이리 심려를."

"그런 말 마라. 원행이 차라리 더 심려였다."

담일산은 쓴웃음을 지으면서 말했다. 멀리 남쪽 바닷가에서 시작하여서는 심지어 천룡세가까지 이르지 않았던가.

그간에 벌어진 일을 생각하며, 담일산은 절로 고개를 흔들었다.

"그보다, 일이 벌어졌다 들었다. 월부대도, 그분께 변이 생겼다고?"

"예."

본래에 거리가 있는 스승이었다.

경지가 하늘에 이르렀음에도, 뚜렷한 목표가 있어서 입산수행을 마다치 않는 스승이기도 했다. 그래도 송 의원이나, 홍유선이나 의원 일과 철방 일을 핑계로 계절마다 소식을 전하고, 스승 편의를 챙기고는 했다.

"작년 무렵부터 소식을 전할 수가 없었습니다. 처음에는 수행처를 옮기신 모양이라고 생각했지만, 마교 종자를 상대하면서 심상치 않은 소리를 들었지요."

마교 무리를 모조리 불살라 버릴 때에 일어난 일이었다.

패색이 짙다고 말할 게 아니었다. 말 그대로 완벽하게 섬멸하는 상황이었다.

남호동에 은밀히 스며들어서, 토벌에 나선 금군을 도모하려는 자들이다.

정주에 닿기가 무섭게, 그들 면면을 모조리 파악했고, 남동삼협과 담가 정예가 포진을 구상하여서 단번에 들이쳤다.

시간을 지체할수록 어떤 수를 쓸지 모르는 자들이 마교이기 때문이다.

그때에, 수괴로 보이는 작자가 한껏 악에 받쳐서 내질렀다.

"너희가 숭앙하는 천하 고수라는 자들도 성마 신비 아래에 귀의했다. 흥! 지금 너희가 조그만 승리로 기고만장하지만, 곧 성마께서 그들을 이끌고 너희에게 악몽을 내리실게다!"

그저 단순한 저주나 원망으로 넘겨 들어도 좋을 일이었지만, 스승인 월부대도 소식이 묘연한 지금이니.

"그 말은 혹여."

"……."

"송 의원. 우선 내가 자네를 못 믿어서 하는 말이 아닌 것만은 알아주게."

"예, 담 노가주."

"월부대도, 노장시 노사는 천하 고수 중에서도 능히 세 손가락 안에 드는 분이시네."

"그렇지요."

"그리고 내 얼마 전까지 당대 육대고수에 든 권야 공과 길을 함께한바. 천하 고수의 반열이 얼마나 드높은지 잘 알고 있네."

"권야 공이라 하심은."

"당대 용문제자, 그리고 우리가 아는 무명노선. 바로 그 분일세."

은근한 한마디에 다들 놀라 어깨를 들썩였다.

"소명!"

버럭 소리쳤다.

마주하고 있는 송 의원이 아니다. 모두가 놀라 외친 이, 홍유선에게로 눈을 돌렸다.

"흠, 죄송합니다."

홍유선은 슬쩍 물러섰다. 저도 모르게 놀라 외치고 말았다.

용문제자 소명.

자신을 그저 하남인이라고 지칭했던 젊은 고수. 그가 정주에 남긴 족적은 한없이 깊었다. 그 안부를 뜻밖에도 담노가주에게 듣게 될 줄은 몰랐다.

고개 돌린 그의 귓불이 빨갛다.

홍유선은 애써 모른 척하는데, 옆에서 장인지가 키득거리다가 기어코 옆구리에 주먹이 파고들었다.

그쪽 작은 소란은 관두고, 담일산은 새삼 낯빛을 다잡았다.

"지금과 같은 때에 노 종사께서 행방이 묘연하다고 함은 아무래도 가볍게 여길 일이 아니네."

"예, 마교가 따로 노림수가 있지 않겠습니까."

"과연, 그러하네. 무엇이라 생각하는가?"

"음."

다들 입을 굳게 다물었다. 이런저런 생각이 떠오르지만, 바로 떠오르는 바는 없었다.

역시나, 있을 수 없는 일이 벌어졌다는 것에서부터 사고가 멈춘 것이다.

애당초 월부대도에게 누가 손을 쓸 엄두나 나겠는가.

담일산은 지그시 입술을 깨물었다.

"아인."

"예, 아버지."

"지금 바로, 개방에 사람을 청하여라."

"개방입니까."

"음, 그리고 송 의원."

"예, 노가주."

"어려운 일을 부탁해야겠소."

"말씀하시지요."

담일산은 새삼 안색을 굳혔다.

정명담가에서는 지금 하북 무림 오랜 맹주, 팽가와 사이가 불편한 상황이었다. 먼저 수작질을 벌인 것은 팽가 쪽이지만, 어디 그런 것으로 무림 상황이 돌아간다고 하던가.

다만, 일에 있어서 경중이 있는 법이니.

"팽가에 연통을 부탁드리겠소."

"음, 팽가. 그렇지요. 그곳도 적잖이 소란한 상황이기는 하지요."

조심스러울 만하다. 팽가가 입은 피해는 다른 무가련에 비할 바가 아니었으니. 그들은 호왕대라고 하는 자랑하는 무력을 그대로 잃지 않았던가.

당장 활동이 크게 줄어서, 지금만 하여도 반쯤은 봉문이나 다름없는 상황이었다. 이런 때에 팽가에게 손을 내민다는 것은 분명 난처한 일이기는 했다.

그러다가 송 의원은 퍼뜩 눈을 동그랗게 떴다.

"헌데, 노가주께서는 어찌 이 일을 저에게 말씀하시는지?"

"하하하."

"예?"

송 의원은 조심스럽게 물었다. 그러자 담일산은 크게 웃었다. 어찌 그런 물음을 하느냐는 투였다. 그러면서 담일산은 송 의원에게 고개를 끄덕였다.

"그저 잘 부탁드리오. 하하하."

송 의원은 일단 나오기는 했다. 부탁받은 전서를 꼭 쥐고 있었다. 여전히 아리송한 얼굴이다. 담아인이 급히 찾아올 때만 하여도, 뭔가 풀리겠다고 싶은 생각에 다행이다 싶었다.

분명 얘기는 생각한 것보다 잘 풀렸다.

그런데 막상 지금에는 난처한 심경이었다. 그는 마른침을 삼키고 고개를 돌렸다.

담아인이 멋쩍은 얼굴로 있었다.

"담 공자."

"예, 송 사형."

담아인이 슬그머니 고개를 숙였다. 송 의원은 넌지시 물었다.

"저기 담 노가주께서 혹시……."

"송 사형. 다들 알고 있습니다."

"음? 응!"

송 의원은 덥석 눈을 크게 떴다. 사뭇 나른한 기색이 돌변했다. 그는 마른 침을 꿀꺽 삼켰다. 얼굴이 괜히 빨갛다.

뭘 알고 있느냐고 물을 것도 없었다.

팽가에 전하는 전서를 꼭 자신에게 부탁한 것만 봐도 알 수 있는 일이기 때문이다.

송 의원은 부르르 몸을 떨었다. 그는 얼굴을 감싸 쥐었다.

"아이고, 이런 민망한."

"사형. 그리 생각하지 마십시오. 인연이란 게 어디 사람 마음대로 된답니까."

"아니, 아니, 그게 아니고."

송 의원은 손사래 쳤다. 뭐라고 더 말하면 말할수록 더 부끄럽다. 그냥 한숨 삼킬 뿐이었다.

담아인 말마따나, 사람 인연이 어디 사람 마음대로 되는 일이겠나.

그저, 그저.

'제기, 지금껏 아무도 모른다고 혼자 착각하고 있었던 건 게 창피해 그렇지.'

송 의원은 눈물을 머금었다.

그는 팽가 여인, 팽문빙과 남모르게 연서(戀書)를 주고받는 사이였다.

세월이야 그리 오래되지 않았지만, 남호동 화재가 벌어지는 그때에, 담가 후계 일로 팽가에서 크게 몹쓸 짓을 했다.

소명이 없었다면, 아마 담가도 지금 같지 않았을 것이고, 남호동도 싹 사라졌을 터였다.

그때에, 가문의 흉험한 명령을 받은 도객이 소명에게 호된 꼴을 당했고, 그들을 치료하고자 팽가에서 급히 달려온 핏줄이 팽문빙이었다.

무공도 그렇지만, 의술에 특히 조예가 깊은 여인이었다.

일이 모두 마무리된 후에도, 환후가 걱정되어서 서찰을 주고받던 것이, 어느새 연심이 담기기 시작했다.

송가의방이 그렇게 정신없는 와중에도, 꼬박꼬박 연서

를 써내려 가는 것은 어지간한 일이 아니었다.

분명 마음은 솔직한데.

송 의원은 쉽게 마음을 다잡지 못하고 있었다. 그런 판에 담 노가주가 등 떠밀어준 셈이었다.

"본가 전서가 오히려 송 사형께 폐가 될지도 모르겠습니다. 그래도 부탁합니다."

"응? 아니, 아닐세. 폐는 무슨. 어디 폐랄 것이 있겠나. 하하. 하. 그보다 팽가라면 내 서둘러 다녀오지."

"튼튼한 말로 준비해 놓겠습니다."

"말은 무슨. 되었어. 내 다리가 더 빠르고, 더 튼튼하니."

"송 사형, 그 힘은 아끼시지요."

"응?"

담아인은 차분하게 말했다. 그런 진지한 얼굴로 무슨 말을 하는 건가.

송 사형이 눈을 끔뻑이는데, 담아인이 마저 말했다.

"팽가 사람들은 안하무인이기도 하지만, 천생무인이기도 합니다. 분명, 송 사형을 시험하려 들 터이니."

"이 사람. 내가 누구 제자인 줄 알고 그런 말을."

"알지요. 아무렴요. 이미 절정을 넘기신 것도 잘 알고 있습니다. 하지만 팽가입니다. 근래에 이런저런 일이 터졌다고 해도, 팽가예요."

"그야 그렇지."

송 의원은 도리 없이 고개 끄덕였다. 지금 팽가가 어수선하다고 하지만, 그게 어디 팽가에 사람이 없어서 일어나는 일이던가.

하도 뛰어난 이가 많아서 벌어지는 일이지.

"그것도 있습니다만. 송 사형."

"음, 말하게."

"팽 소저의 두 오라비. 그 두 사람도 어지간한 걸물이 아닙니다. 아마도 송 사형께 손을 쓸 게 뻔하고 뻔합니다. 그러니 각별하게 몸을 사리셔야 합니다."

"자네, 지금 그게."

송 의원은 아연하여서는 담아인을 찌푸린 눈으로 바라보았다.

이거야 큰일을 걱정하는 건지, 큰일이 나라고 고사를 지내는 건지.

그런데 옆에서 장인지가 끼어들었다.

"사형! 그냥, 이 사람 말 들어요. 조심해서 나쁠 게 뭐 있다고 그러세요."

"허, 헛흠. 헛흠."

송 의원은 헛기침을 괜히 흘리면서 몸을 돌렸다.

결국에는 담아인 뜻에 따라서 움직였다.

그리고 담아인 역시 개방 제자를 찾아 청하고자 바삐 움직였다.

담일선은 그제야 옷을 갈아입었다. 가벼운 경갑이라고는 하지만, 내내 걸치고 있기에 편한 옷은 아니지 않나.

그는 문득 후우, 한숨을 흘렸다.

하북은 조용하다. 그렇다고 마냥 마음 놓을 수 있는 일도 아니니. 월부대도께서 행방이 묘연한 것도 그렇거니와, 하북을 크게 돌고 온 지금에 자꾸 걸리는 게 있었다.

뚜렷한 증좌가 있는 게 아니었다.

오로지 노강호로서 지닌 감에 불과하니.

담일선은 자리에 쉬이 앉지 못했다. 개방에서도 파악하는 바가 있을 터이다.

팽가에서는 또 어찌 나올까.

이번 행도에도 팽가 출신이 몇 있었지만, 하나같이 연배가 부족했고, 어두운 얼굴이었다. 내내 의기소침하여서, 지금 팽가 상황을 짐작할 만했다.

과연 호응이나 할는지.

"어찌 생각하시오. 그대는?"

담일선은 갑자기 물으면서 몸을 돌렸다. 방 한쪽 구석, 그늘 어린 자리였다.

"무례를 용서하십시오."

"하하. 어디 무례랄 것까지야. 상황이 그리 급한 모양이
지요."

"예, 담 노가주."

그늘 속에서 검은 인영이 한 걸음 나섰다. 그는 모습 드러
내기가 무섭게 두 손을 단단히 맞잡고 깊이 허리를 숙였다.

천룡세가 흑권당주. 그 사람이다.

"여기서 보게 될 줄이야. 수일 만임에도 반갑구려. 흑권
당주."

"저 또한 그렇습니다."

뻣뻣한 모습이기는 하지만, 흑권당주 이충도는 고개를
깊이 숙였다. 천룡세가 안가에서 크고 작은 고난을 함께한
바가 있지 않은가.

대단한 인사들 옆에 있는 것이 죄라면, 죄였으니.

"그래, 당주께서 직접 담모를 찾으신 것은 어떤 연유이
시오."

"지금 짐작하시는 바대로입니다."

"마교는 무너진 게 아니라, 따로 움직인 것이로군. 그렇
지 않소."

"과연, 담 노장주이십니다. 그 말씀 그대로입니다. 천하
각지에 흩어진 마교가, 갑작스럽게 인원을 빼어서는 한 곳을

노리고 있습니다."

"어디요, 그곳이."

"소림사."

담일산은 흐읍! 힘껏 숨을 삼켰다. 소림사라, 그리 멀다고 할 거리는 아니다.

"당주, 권야께서는 그럼?"

"소림사가 지척이실 겁니다."

그는 벗어둔 경갑을 다시 움켜쥐었다.

"마냥 기다리고 있을 상황은 아니겠군."

하북 무림에서 변화는 정명담가, 정명장에서부터 시작했다.

한편, 산서.

강시당이 새롭게 문호를 열기는 하였다만, 아직은 크고 작은 무리가 소란한 산서무림이다. 오랜 역사를 지녔음에도, 크게 세상 밖으로 나온 역사가 없는 흑선당이 지금은 바빴다.

얌전히 상황을 보고 있다가, 한 사내가 불현듯 소리를 높였다.

"소식을!"

"예, 당주!"

일제히 손이 멈췄다. 다들 고개 돌려서 확인한 내용만을 힘껏 외쳤다.

"사천 무림이 정리되었다고 합니다! 성도에서는 십삼황자 직령으로 비상사태를 선포했습니다!"

"당가, 청성은 성도에 남았고, 아미는 봉문에 들었습니다!"

"사천련은 잠정적으로 해체한답니다!"

사천 얘기는 끝이다. 흑선당주는 버럭 소리쳤다.

"다음!"

"호북, 호남, 모두 무당이 정리했습니다. 홍호(洪湖)에서 남은 마교를 모두 밀어냈습니다."

"헌데, 파악한 바로. 마교인 수가 부족합니다!"

"합비에서는 남궁세가가 상황을 정리했습니다!"

"대공자가 부리던 마교 무리가 궤멸되었답니다!"

끊임없이 쏟아지는 천하 각지 소식들. 흑선당주가 재차 다그쳐 물었다.

"그쪽 남궁세가 마교 수는!"

"역시 부족합니다. 오백 마교 고수가 들었다고 하는데, 남은 시신은 채 삼백에 이르지 않는다고 합니다!"

분주하게 소리가 터져 나왔다. 거의 비슷한 시기를 두고서, 천하 각지에서 흉한 일이 벌어졌다.

어지간한 일로는 세상밖에 나서지 않는다는 남존무당이 산문을 열고 내려왔는데, 그 위급함을 알았는지, 삼대뿐만 아니라, 이대제자들도 태반이나 있다고 했다.

남궁세가에서도 겉보기로는 후계 다툼이나, 파고드니 마교가 있었다.

세가 안에서 벌어진 일이라고 하지만, 다른 오가가 그렇 듯 남궁세가는 강남을 대처한다고 할 만큼 거대한 가문이었다. 그 여파를 생각하면, 어찌 가문 내에서 벌어진 일이라고만 말할 수가 있겠나.

다만, 관중검이라는 잠룡이 크게 깨어나서 삽시간에 마교 세력을 일소하였고, 흔들리는 후계를 쟁취하였다고 한다.

그런데 지금 들어온 소식을 파악하니, 호북에서도, 강남에서도 또 다른 계책이 있었던 셈이다.

"이런 썩을!"

이제 신임 당주로 활약하는 백운당은 버럭 욕설을 내뱉었다.

"삼천 중에서 이천이 비었다는데. 그것을 파악하지 못하는 게 말이 돼!"

"저희 영역이 아니니 도리 없지 않습니까!"

"후우, 그도 그렇지. 그도 그렇지만."

백운당은 참모이면서 내자인 매향의 한 소리에 한숨을 삼켰다.

대관절, 마교 속내가 무언지.

"다른 움직임은 없나?"

"소소한 교전 정도입니다. 하북이야 십삼황자께서 죄 쓸어버리셨으니. 지금은 잔불을 끄는 정도라 할 것이고, 호북, 호남 일대는 역시나 무당파가 나서니, 조금도 반항을 하지 못하는군요."

"무가련 오가도 제법 피해를 보기는 하였다지만, 상황을 수습하는 데에는 대부분 성공했습니다. 특히 남궁세가는 발 빠르게 수습한 편이지요."

"그것이 더욱 수상해. 그게 더 수상하단 말이지."

연신 중얼거렸다.

백운당은 고개를 갸웃거렸다. 강시당주 탁연수가 사천으로 발 벗고 뛰어나가기 전에 당부한 바가 있지 않았는가.

마교는 천하를 두고서 다른 수작을 부리고 있다. 그 동정을 파악해달라고 하지 않았는가.

산서에 치우친 바라서 아무래도 한계는 있었지만, 지난 수삼일 동안에 가능한 모든 소란과 정보를 낱낱이 파악하고 또 파악한 참이었다.

그래서 결국 파악해낸 것이, 사람 수가 너무도 큰 차이가 난다는 점이었다.

일천이 모여서 한 지역을 흔들었다.

다시 수천이 튀어나와서 무림일문을 멸문으로 몰아갔다. 여기에 중원 무림이 바로 제압하여서는 대부분 소란을 제압한 바였다.

헌데, 막상 뒤를 정리하면서 파악하니. 일천 중 수백이 없고, 수천 중에 못해도 일천이 없었다.

사라져 버린 마교인, 그들은 대체 어디로 움직였다는 말인가.

그것은 흑선당이 파악하는 정보망으로도 답을 내지 못하는 일이었다.

백운당은 눈을 치뜨고서, 흑선당 내에 펼쳐놓은 중원 전도를 뚫어질 듯이 노려보았다.

하얗게 뜬 눈가에 기광이 맴돌았다.

'뭐가 있어, 분명히 뭐가 있어.'

하기야, 오래도록 침묵하다가 갑자기 들고 일어난 것부터가 한참 수상한 일이겠다만.

백운당의 눈길이 북에서 남으로, 동에서 서로, 그렇게 교차하며 움직였다. 그러다가 불현듯 백운당은 어느 한 지점에서 눈빛이 멈췄다.

그곳은 숭산, 그리고 소림사였다.

왜 그곳이 눈에 확 들어왔는지 모를 일이었다. 그는 엉거주춤 일어나서 걸어놓은 지도 앞으로 한 걸음 다가섰다.

"당주?"

"쉬이, 쉿!"

의아해 부르는 목소리에, 백운당은 손을 우선 휘저었다. 무언가 떠오를 듯하면서 떠오르지 않는다.

소림사, 용문제자, 그리고 마교와 마도.

'강시당 배후에는 마교가 있었지. 하남 등용문에서도 수작을 부렸다고 했고.'

그리고 불과 얼마 전만 하여도, 신임 등용문주가 소림파 정예를 이끌고서 하남 땅을 모조리 정리한 일이 있었다.

그때에 생각지도 못한 마교 방수, 이매망량이라고 하는 자들이 튀어나와서 얼마나 놀랐던가.

밖으로는 알려지지 않았으나.

이매망량이라는 자들은 단지 소림파뿐만이 아니었다.

무당에서도, 화산에서도, 심지어는 오가 곳곳에서도 벌어졌음을, 흑선당은 파악하고 있었다.

"소림사."

뜬금없는 일이지만, 백운당은 그 이름 석 자를 입 밖으로 내었다.

개방을 통해서 들은바, 마교의 진정한 목적은 존체를 찾는 일이라 했다. 그리고 소림사.

백운당은 대번에 얼굴을 구겼다.

너무도 비약이라고 할 수 있겠지만, 백운당은 지금 떠오르는 바를 무시하지 못했다. 그는 바로 고개를 돌렸다.

"매향!"

"당주."

"개방에 연통을, 그리고 강시당에도! 이건 화급을 다투는 일이다. 당장 소림사로!"

몸을 확 돌리는 순간이다. 백운당은 주춤하면서 멈춰 섰다.

매향은 그대로 있다. 그런데 낯선 이가 뒤에서 차분한 모습으로 서 있었다.

"무, 무어냐?"

"그래서 제가 부르지 않았습니까, 당주."

"으응?"

"손님이세요."

"아."

백운당은 심각하게 굳은 얼굴을 바로 풀었다. 살짝 맹한 얼굴이다. 흑선당에 든 사내, 그는 아주 차분한 얼굴이었다.

"흑선당주를 뵙습니다."

"아, 예."

두 손을 맞잡는 그 모습에서부터 묘한 위압감이 돌았다.

딱히 백운당이나, 흑선당 사람들을 겁박하기 위함이 아니었다. 그저 자신이 품은 무공이 그러한 경지에 이르렀을 뿐이다.

하얀 백의를 단정하게 걸친 사내였다.

백운당은 살짝 긴장한 채, 매향에게 눈짓했다.

뭐가 어찌된 일이냐고 물었다. 그러자 매향은 고개를 내저었다.

"저는 천룡세가에서 온 사마청이라 합니다."

"처, 천룡. 천룡이요. 제가 지금 제대로 들었습니까?"

"예, 그렇습니다. 부족하나마 백검당주를 맡고 있지요."

꿀꺽.

마른침을 겨우 삼켰다.

다른 곳도 아니고 천룡세가에서 자그마치 당주씩이나 되는 인사가 흑선당을 찾을 줄이야.

부랴부랴 자리를 권하려는데, 사마청은 두 손을 맞잡은 채, 말을 이었다.

"상황이 화급하여서 무례에도 불구하고, 이리 당주를 직접 찾아왔습니다."

"예, 뭐."

백운당은 그래도 자신이 집주인이라고, 애써 태연한 척하고 있지만, 가슴은 쿵쿵 뛰었다.

천룡이다. 정말 중원 무림에 있어서 전설과도 같은 곳이 아닌가.

믿지 못하기에는, 사내가 드러내는 은근한 기세가 참으로 장중하였다.

선명한 무게를 느끼는 위엄이라니.

"흑선당주께서 파악하신 바에 감탄을 금치 못하겠습니다."

두근두근하던 차에, 백운당은 바로 고개를 치켜들었다.

"당주, 지금 그 말씀은?"

"예, 마교 전력이 지금 소림사를 도모하려 들고 있습니다."

"이런!"

"본가에서도 이에 대비는 하였습니다만. 대비가 부족하고 말았지요."

대비가 부족했다. 이렇게 전격적으로 움직일 줄이야. 더구나 상당한 승산을 보이고 있는 전장조차 포기하고 물러나기까지 했다.

그만큼이나 소림사에 집중한다는 뜻이었고, 이목이 흩어지는 순간을 노렸다는 뜻이기도 했다.

이만저만한 낭패가 아니다.

"하면, 본당이 무엇을 하면 좋겠습니까?"

"북방을 막아주십시오. 산서 무림을 이끌 수 있는 곳은 흑선당뿐이라 파악했습니다."

산서에는 신비삼세로 손꼽는 강시당이 있다지만, 대국을 이끌기에는 너무 오래도록 신비 속에 있었다.

지금처럼 대대적인 움직임을 꾀하기에는 역량이 부족하다. 저들은 모였고, 이쪽은 죄 흩어져 있는 셈이다.

"북방을 맡으라. 허면 소림사에 대한 복안은 따로 있으신지."

"복인이라. 그야 저희가 낼 수 있는 복안은 아니지요."

"아니, 당주. 그건 어인 말씀이시오?"

"소림 일은, 소림에서. 지금 용문제자, 천하의 권야가 달려가고 있습니다."

"아!"

백운당은 저도 모르게 주먹을 불끈 움켜쥐었다.

천하의 권야라.

이제 천하 고수에 손꼽히는 젊은 종사, 권야 소명. 자신 또한 그에게 큰 구함을 받지 않았는가.

백운당은 매향에게 눈을 돌렸다. 매향은 얌전히 자리를 지키고 있다가, 눈빛을 받기가 무섭게 고개를 숙였다.

"전력을 다 기울이겠습니다."

"음, 당장 시행하게."

"예."

백운당은 곧 백검당주 사마청을 향해서 굳은 눈으로 포권을 취했다. 사마청도 바로 마주 포권을 취했다.

"그럼, 무운을!"

"무운을!"

합비, 강남에서 번화한 도시이기는 했지만, 강남 무림으로 말하면 더욱 중요한 곳이었다.

이곳에 바로 강남 남궁이 있기 때문이다.

남궁세가가 자리 잡은 장원. 창궁대원(蒼穹大院)이라는 이름이 엄연히 붙어 있지만, 여기 사람들은 그곳을 두고서 남왕부(南王府)라고 불렀다.

무가련 다른 가문도 그렇지만, 남궁세가가 이곳에 뿌리 내린 세월이 몇 대이겠는가.

그만큼 유서가 깊었고, 왕부라 해도 부족하지 않을 만큼 규모를 이루고 있었다.

그 남왕부가 근 수십 일 동안, 피 냄새로 내내 진동하고 있었다.

관중검 남궁유, 그는 피가 채 마르지도 않은 꼴을 한 채,

내실로 성큼 들어섰다. 좌우로 그를 따르는 자들이 한없이 살벌한 기세를 뿌리고 있었다.

그들이 지날 때마다, 가문 사람들은 멈춰 서서 고개를 숙였다.

들이닥친 곳은 검룡각이라 하였다.

남궁유는 걸린 현판을 무시하고 바로 안으로 들어섰다.

그곳 내실에는 희뿌옇게 피어오른 향이 가득 차올라 있었다. 드는 햇빛이 향연에 가려질 정도였다. 그리고 끝에는 한 사내가 있었다.

남궁유와 닮은 얼굴이었는데, 사뭇 나른한 표정이었다.

그는 침상에 반쯤 풀어헤친 모습으로 기대어 있다가, 남궁유의 그림자가 그 앞에 드리울 때에야 비로소 고개를 들었다.

"왔느냐."

"예, 형님."

"흐, 흐허허허. 네놈 꼴을 보아하니. 기껏 준비한 것도 다 쓸모가 없어진 모양이다."

"그렇지요."

"쯧쯧, 목소리가 너무 딱딱해. 그래서야 어디 아랫것들이 너를 따르려 들겠느냐."

"그렇습니까."

차분하게 말을 주고받지만, 한쪽은 그저 희롱하듯이 웃음 섞인 목소리였고, 받는 남궁유의 목소리는 얼음이 섞인 것처럼 차갑기만 했다.

몇 마디 더 나눌 것도 없이. 드러누워 있던 사내는 부스럭하면서 억지로 일어나 앉았다. 몸을 받치는 팔은 하얗지만, 그래도 단단했다.

약에 취하고, 술에 취해도, 그는 남궁세가 용혈을 타고난 자였다.

남궁 대공자, 남궁강.

남궁세가 사상 최고 천재라고 불리는 그였지만, 지금은 어찌 된 일인지 보필하는 자 하나 없이, 희뿌연 연기 속에서 잔뜩 취한 모습으로 있었다.

그는 문득 손을 뻗었다.

"동생아, 가까이 오렴."

"괜찮습니다."

"어허, 이 녀석. 지금 이 형님 말씀을 무시하는 게냐? 이리 오래도."

"괜찮습니다."

"한 걸음이면 된다. 그 한 걸음도 싫다 하느냐."

"예, 형님. 입안에 든 것을 뱉으신다면 생각해보지요."

"뭐얏?"

"형님께서는 제가 당 소저와 오래 다녔음을 잊으신 모양입니다."

"이놈이."

그러면서도 딱히 부정은 하지 않았다. 뻗은 손을 툭 떨구더니, 이내 긴 손가락을 입안으로 밀어 넣었다. 어금니 안쪽에서 한눈에도 불길한 적자색의 환을 끄집어냈다.

남궁강은 보란 듯이 환을 손가락 사이에 들어 보였다. 질끈 깨물어서 뿌리는 극독이다. 혈수독, 일이 벌어진 이후, 이것으로 남궁세가 검사 여럿이 횡액을 면치 못했다.

그런 흉한 물건이 어찌 남궁세가 대공자의 입에서 나온다는 말인가.

남궁강은 지금 자포자기나 다름없는 상태이기 때문이었다.

오늘로 남궁세가 후계에서 완전히 내밀렸을 뿐만 아니라, 이루어낸 모든 세력이 일소되었다. 여기까지 남궁유가 아랫것들을 죄 이끌고 들어선 것만 보아도 알 수 있었다.

"그래, 그게 마지막 수단이었는데. 그것마저 무위로 돌아갔다는 말이지."

남궁강은 혈수독이 든 환을 만지작거리다가, 휙 뒤로 던졌다. 벽에 떨어진 환이 바로 터졌다. 치익, 치이익. 하얀 연기가 한 가닥 솟았다.

지독한 부식력이다.

남궁유는 그 자리에는 조금도 눈길 주지 않았다. 침상 위에 방만한 모습으로 두 손을 뒤로 뻗어 몸을 지탱하는 친형, 남궁강을 감정 없는 눈으로 노려볼 뿐이었다.

"네놈이 이렇게 자라서, 설마 내 목을 물어뜯을 줄 몰랐다."

"얌전히 있으려 했지만, 목줄을 채우려 하시니. 우제도 도리가 없더이다."

"뭐라? 얌전히?"

독아를 제대로 내밀기도 전에, 대뜸 자리를 박차고 나서서는 바로 위 형제들을 거침없이 제압한 놈이 할 소리인가.

그야말로 기다렸다는 듯이 움직였다. 파악한 바 이상의 무공을 지녔다는 것도 그렇지만, 이제껏 방관만 하고 있던 가문 어른들을 끌어들이면서 단숨에 세력을 일구어냈다.

그 모든 게 고작 두어 달 사이에 일어났으니.

마치 이제껏 저놈 손아귀에 놀아난 건 아니었는지 고민할 정도였다.

다 놓아버렸다고 여긴 와중이지만, 남궁강은 남궁유의 한 마디에 번쩍 눈을 치떴다. 그러나 남궁유의 얼굴에는 미동도 없었다.

"말씀드렸듯이 백마산 일에서 큰 경험을 하였지요. 무엇보다 당시 권야께서 제게 내려준 가르침이 지금 저로 있게 하였습니다."

"권……야……."

그 이름에, 남궁강은 불현듯 이를 드러냈다. 당장 험악한 기세가 일었다.

"권야, 권야, 자객불원, 그리고 용문제자, 젠장할! 그 악마는 대체 이름이 몇이나 된다는 게냐!"

"그를 두고 악마라고 할 사람은 적어도 합비, 아니 강남 일대에 형님뿐일 겝니다."

"흐, 흐흐흐."

남궁강은 이를 악문 채, 흉한 웃음을 흘렸다.

남궁유는 남궁강과 거리를 지켰다. 남궁강이 하는 발작 따위 조금도 안중에 두지 않았다. 지금 남궁유는 과거 관중검이 아니다.

남궁세가의 이름에 어깨가 한껏 솟아 있거나, 순진무구한 눈으로 강호를 보던 젊은 초출 때의 모습은 더는 없었다.

비록 잠시에 불과하다고 하지만, 권야라고 하는 전설과 함께한 순간이 그에게는 더없이 강렬한 경험이었고, 자신을 돌아본 순간이었다.

특히 그에게 배운 바가 있으니.

그것은 불요불굴(不撓不屈)이며, 견결(堅決) 정신이었다. 무인에게 물러섬이란 곧 계속 물러나게 될 뿐이다. 꺾이거나 굽히지 아니하고, 단호하게 맞서야 한다.

그런 까닭에, 남궁유는 남궁강이 벌인 수작에 바로 대응할 수 있었다.

자신이 따로 함정을 파거나, 대비한 것이 전혀 아니었다.

"형님께서 손을 쓰지 않았다면, 마교를 끌어들이지 않았다면. 오늘은 없었습니다."

"큭!"

남궁강은 뒤로 고개를 비틀었다. 웃음 끝에 노려보는 하얀 눈초리에는 원독이 짙었다.

원망과 원한, 그러나 맞받는 남궁유는 냉정할 따름이었다.

남궁강의 눈동자에서 힘이 서서히 빠졌다. 광기가 흩어지고, 탁한 눈빛이 자리를 대신했다.

지금 상황에서는 무엇을 하든 헛된 발악에 지나지 않는다.

어깨를 늘어뜨렸다. 바로 앞에 있는 남궁유, 그리고 뒤에 줄지어 서 있는 젊은 검객들.

모두 아무런 감정이 담기지 않은 눈빛을 하고 있었다. 남궁강의 눈꼬리가 흔들렸다.

남궁유가 피를 뒤집어쓰고 있지만, 부상 하나 없이 멀쩡한 모습이다. 뒤따르는 검객들도 마찬가지였다.

그가 준비한 마지막 패가 제대로 먹히지 않았다는 것인지, 아니면 남궁유의 역량이 훨씬 뛰어나다는 것인지.

어느 쪽이든, 남궁강은 패배했다. 그는 체념 어린 어조로 물었다.

"그래, 이제 어찌할 테냐?"

"본가 상황은 다 수습했습니다. 그러니 당장 소림사로 달려갈 겁니다."

"뭐? 소림사?"

갑자기 그 이름이 왜 나오는가.

"천룡세가에서 사람이 왔더군요. 마교 무리가 소림사를 도모하고 있다 합니다."

"네놈 그 말은?"

남궁강의 얼굴이 크게 일그러졌다.

"제가 수월하게 여기에 서 있음을 보고도 모르시겠습니까?"

"하, 하!"

남궁강은 그만 헛웃음을 터뜨렸다. 그는 뒤로 고개를 젖혔다. 침상 뒤로 낸 창에서 햇빛이 밝게 들어오고 있었다.

강남 특유의 따가운 햇빛이다.

창틀이 드리운 그림자가 남궁강의 하얀 얼굴에 긴 줄을 남겼다. 남궁강은 목울대를 크게 움직여서 마른 침을 삼켰다.

새삼 목이 타들어 갔다.

마교 따위, 그저 쓰고 버리는 패라고 여겼건만, 결국에 먼저 버려진 것은 자신이었다.

아무리 수세로 몰렸다고 하지만, 이렇게 남궁을 져버리고 몸을 빼다니. 그렇게 빠져나간 자들이 어디로 향했겠는가.

마교가 진실로 도모하고자 하는 곳은 소림사였던 셈이다.

남궁유는 마지막 의욕 꺾인 남궁강을 물끄러미 보다가 미련 없이 몸을 돌렸다. 좌우에서 다른 남궁 검수들이 빠르게 움직였다.

그들은 남궁강을 바로 제압했다.

남궁강은 아무런 반항도 하지 않았다. 이대로 폐인이 되어 유폐될 수도 있고, 아니면 목이 떨어질 수도 있었다.

남궁강은 아무래도 상관이 없었다.

남궁유가 전각을 나서기가 무섭게 다른 남궁 검수가 다가섰다.

그는 마른 수건을 건네며 물었다.

"소가주, 이제 어찌할까요?"

"지금 전력은 어떠한가?"

"창천검대, 뇌운검대, 모두 소집한 상황입니다."

"창천, 뇌운이라."

남궁유는 수건으로 얼굴을 닦아냈다.

남궁강 앞에서는 마냥 냉정하였지만, 적잖은 공력과 심력을 소모한 터였다.

열이 올라서 뜨거운 눈두덩을 지그시 누르면서 잠시 고민했다.

창천과 뇌운, 양대검대는 지금 그가 부릴 수 있는 최고의 패이면서도, 남궁세가를 생각할 때에도 상당한 전력이다.

과연 어찌하면 좋겠는가.

그때였다. 남궁유 뒤로 다른 검수가 다가섰다.

"소가주, 이것을."

그는 대뜸 한쪽 무릎을 꿇으면서 두 손으로 팔각 소패하나를 올렸다.

남궁유는 피식 웃었다.

거무튀튀한 강철 소패로였다. 구름 문양으로 테두리를 이루었고 의검(義劍), 두 글자를 깊이 새겼다.

그 글자가 중요했다.

남궁유는 잠시 두 손으로 공손하게 내민 소패를 내려다보았다. 남궁세가 소가주를 뜻하는 의검령. 남궁강에게서 이제 그에게로 왔다.

어찌 보면 조잡하다고 할 수 있지만, 의검이라는 글자가 중요했다. 이것은 시조께서 철괴에 직접 손가락으로 남긴 글자였다.

세월에 닳았지만, 획과 획마다 깊은 공력을 느낄 수 있었다.

남궁유는 힘주어 패를 움켜쥐었다.

"의검령으로 명한다."

"충!"

의검령을 올린 검수뿐만이 아니다. 주랑에 선 모든 이가 자리에서 무릎을 꿇었다.

남궁유는 패를 높이 들고 단호하게 말했다.

"양대 검대, 조장 이상 전원 소집하라."

"예?"

"소수 정예로 움직인다. 상대는 마교. 그것도 아마 고르고 고른 최정예만 거기에 잔뜩 모여 있겠지."

"소가주, 그럴 때일수록."

"머릿수로는 의미 없어. 창천뇌운, 진짜 모습을 강호에 보여주자고."

남궁유는 싱긋 웃으면서 의검령을 굳게 움켜쥐었다. 그러자 더 말하는 자는 없었다. 한목소리로 크게 외쳤다.

"복명!"

즉각 물러났다. 소집하고, 길 떠날 채비를 갖추어야 했다. 소림사, 그곳으로 향하는 길이 그리 녹록하지는 않을 터였다.

남궁유는 고개 돌려서 아직 날 밝은 북쪽 하늘을 지그시 노려보았다.

가문에 암수를 뻗은 마교.

비록 잠깐이라고 하지만, 일생을 두고 곱씹을 가르침을 준 권야.

그 모두를 생각해서라도, 남궁유는 감히 가능한 전력을 다할 작정이었다.

아울러 확신했다.

이번 일은, 어떤 결과가 나오든 간에, 향후 천하 무림 구도에 큰 영향을 끼치고도 남을 만한 일이었다.

남궁유는 턱을 당기면서 눈을 번뜩였다.

"마땅히 모든 것을 다해야지."

개봉, 하남 땅에 자리한 고도.

지금은 쇠락이 선명할 뿐이었다. 그런 개봉 외곽, 가장 외진 곳에는 무려 일만 명이 들고날 수 있을 만큼이나 거대한 관제묘가 있었다.

묘라고 하기에 민망한 것이 버려진 지 한 세월이라서, 온통 거지 판이기 때문이었다.

그러나 아는 사람은 알았다.

이곳이 천하대방, 개방의 총타였다.

십만 거지가 이곳을 거치면서 개방 거지로 거듭나는 바이니.

항시 수백에 이르는 거지들이 상주하고 있었다.

그런 총타에서도 한참 중한 곳은 특별히 관리하고 있었다.

딱히 이름은 없었지만, 관제묘에 딸린 창고 중 하나가 그런 곳이었다.

다 낡은 창고 안에는 쌓인 전서가 산을 이루고, 냄새나는 천조각이 바닥에 잔뜩 뒤엉켜 구르고 있었다. 다른 쪽에는 낡은 죽편이 못지않게 쌓여서 시커멓게 썩어든 천장에 닿을 듯했다.

그 하나, 하나가 천하 각지에서 벌어지는 온갖 소문을 담고 있었다.

그리고 개방 용호풍운이 그곳에 반쯤 파묻혀 있었다.

본래라면 항시 방주 곁을 지키면서 보필해야 할 넷이지만, 지금은 사안이 사안인지라, 여기에서 이러고 있었다.

머리가 하얗게 셀세라 엉망인 꼴을 한 채, 쏟아지는 무수한 자료를 분류하고 검토하느라 눈 아래가 퀭했다.

　그런 참이라서 바깥에서 무슨 일이 있든 전혀 관심을 두지 않았다.

　다만, 저 문이 열리는 순간이면 다들 절망 어린 한숨을 토할 뿐이었다.

　전서가 되었든, 천조각이 되었든, 아니면 죽편이 되었든 수레로 들어와서 더해지기 때문이었다.

　그때에 문 열리는 소리가 무려 반 시진 만에 다시 울렸다.

　이때에는 더 참을 수가 없었다.

　용호풍운의 맏이인, 용형개가 버럭 소리쳤다.

　"아오 쫌! 쫌! 그만 좀 들어와라! 이러다가 깔려 죽든, 먼지에 숨 막혀 죽겠다. 이런 빌어먹지도 못할 저기 새끼야!"

　앞뒤 없다.

　문 연 사람이 높든, 낮든 전혀 따질 계제가 아니었다. 아닌 말로 사람이 사흘만 잠을 못 자도 머리가 핑핑 돈다고 하는데. 여기 용호풍운개, 네 고수는 자그마치 열흘 동안이나 이러고 있었다.

　쓰러지기 직전에야 잠깐 운공하는 게 고작이었다.

더구나 거지가 아닌가. 거지 중에서도 정통 거지라고 자부하는 개방 용호풍운개, 한번 잠을 자겠다고 하면, 열흘 내내 잠만 자도 부족한 판국이었다.

그런 이들이 열흘 동안 뜬 눈으로 버티고 있으니.

어디 윗사람이고, 아랫사람이고 따지겠나. 눈이 홱 돌아간 마당이다.

씩! 씩! 험한 숨을 몰아쉬는 참이다. 그러자 들어선 이는 짐짓 난처한 기색으로 머뭇했다. 드리운 그림자가 길었다.

일단 쏟아내기는 한 터라. 용호풍운은 거들떠보지도 않았다.

―많이 힘든 모양이구려.

"아, 그럼 그걸 말이라고!"

넷이 동시에 울컥하다가, 그만 주춤했다. 어째 듣기에 이상한 목소리였다. 귀로 들리는 게 아니라, 바로 머릿속을 파고드는 목소리라니.

바쁜 눈과 손이 멈칫했다.

슬그머니 고개 들었다. 전혀 생각지도 못한 사람이 그 자리에 있었다.

낡은 도포를 단정하게 걸친 초로인이다. 그는 온화한 미소를 머금고 있었다. 한눈에도 개방 거지가 아님은 알겠다.

용호풍운은 일단 마른침을 삼켰다. 지금 들어선 초로인이 누구인지, 넷은 잘 알았다.

자신들이 한참 어릴 적에 잠깐 인사한 게 고작이었지만, 어찌 잊으랴.

당대 천하제일인을.

아무리 은거한 세월이 십수 년이라 하여도, 그가 지닌 무게는 조금도 덜하지 아니하다.

검백 사마종.

육대고수에서 항시 첫째로 손꼽는 신인이다.

용호풍운은 부랴부랴 정신을 차렸다. 그는 슬그머니 일어나서는 두 손을 맞잡았다.

"개방 용호풍운이 검백 선인을 뵙습니다."

―기억하는가?

"어찌 잊겠습니까. 헌데, 검백께서는 이 누추한 곳에는 어찌 행차하셨는지요."

검백 사마종, 그는 흐린 미소를 그렸다. 그리고 심어로 다시 답했다.

―뇌공 선배께서 급히 사람을 보내셨네. 향후 상황에 대해서는 용호풍운, 자네들에게 설명 들으라 하시어서, 화산을 내려온 걸음대로 여기에 왔구먼.

"아, 그렇군요."

용형개는 아주 아주 정중하게 답했다. 그리고 고개 돌려서 다른 셋에게 눈짓을 물었다.

'들었냐?'

'그럴 리가.'

'에효, 또 멋대로 추진하시고, 알아서 수습하라 이거로구먼.'

'엠병, 내가 거지를 때려치우든지 해야지, 이건 뭔.'

소리는 내지 않고, 입 모양과 눈빛만으로 의사소통이 이루어진다.

용호풍운, 넷이 아주 끈끈한 전우애로 이루어내는 이능이라고 할 만했다.

곧 용형개가 나섰다. 이제껏 정리하고 파악한 바에서 보자면, 크게 검백에게 고할 수 있는 얘기는 정해져 있었다.

그는 헐레벌떡 산처럼 쌓인 무수한 천 조각을 헤치고서 검백 앞으로 다가섰다.

"이것이 지금껏 파악하고, 정리한 내용입니다. 자세한 사항을 말씀드리자면 한도 끝도 없겠습니다만."

ㅡ음.

사마종은 가볍게 고개를 끄덕였다. 한층 심유한 눈빛으로 내민 구깃구깃 엉망인 종이를 살폈다.

잔뜩 구겨진 종이도 그렇지만, 악필도 이런 악필이 없어라. 그러나 검백은 그 문구를 헤아리는 데에 조금도 어려움이 없었다.

단순히 드러난 필적을 읽는 게 아니라, 쓰는 사람이 담아내는 심의를 읽어내는 까닭이었다.

같은 것을 보았으되, 읽어내는 바는 전혀 딴판이라.

사마종은 문장을 직접 남긴 용형개의 고단함과 더불어서 상황 시급함을 헤아릴 수 있었다.

―그대, 참으로 고생하였군. 자네들도.

"검백께서 알아주시니. 그저 감사할 뿐입니다."

용형개는 쓴웃음 지었다. 세 거지도 일어나 두 손을 맞잡았다.

―좋아, 결국에는 소림사로군.

"예, 그렇습니다. 천룡세가 측도 발 빠르게 움직이고 있더군요. 하남에서도 그렇지만, 사천에 워낙 큰일을 벌이면서, 이목을 흐트러 놓은 것이 적잖이 주효했습니다."

하남 구석구석에 일을 벌여놓아서, 소림사에서 정예를 내려보내지 않았는가.

등용문을 필두로 하는 소림파도 정신없기는 매한가지.

큰 파도를 넘겨서, 이제는 주변을 정리하는 정도로 여겼던 것이 오히려 의도한 바일 줄이야.

여유를 생각하고, 사천을 돕기 위해서 상당한 인물들이 그곳으로 향한 것도 지금 생각하면 의도한 바에 가까웠다.

특히 부재한 두 사람.

-용문제자, 등용문주.

"예, 검백."

어찌 검백에게 비할 수 있겠는가만, 소림파를 생각하면 참으로 큰 영향력을 지닌 인물이다.

사마종은 고개를 끄덕였다. 그는 새삼 같은 말을 중얼거렸다.

-결국에는 소림사로군.

"예?"

처음에 하는 말과는 어조가 좀체 남다르다. 마치 그럴 줄 알았다는 듯이 말하는 모습이었다.

용형개가 한층 다가섰다. 그러나 사마종은 그 의문에 답하기보다는 홀연 검결지를 세워서 몇 차례 휘둘렀다.

스윽, 슥, 스슥.

무형 기파가 자연스레 일어났다.

가까이 용형개뿐만이 아니었다. 여기 있는 모두가 한순간 파고든 서늘한 기운에 저도 모르게 어깨를 들썩였다.

"어헛? 어어!"

"우엇!"

다들 절정을 진즉에 넘어선 개방 고수들이다. 그런 넷이 조금도 반응하지 못하였다니. 그런데 다른 수가 아니었다.

흠칫 미간으로 파고드는 서늘한 기운이 바로 흩어지는데, 뻣뻣하게 굳은 두 어깨가 한층 풀어지고, 타들어 가는 듯이 뜨거운 두 눈에서도 열기가 확 흩어졌다.

눈앞이 한층 맑았고, 무게를 덜어낸 것처럼 몸이 가볍다.

서늘한 기운이 파고들어서, 오히려 몸을 보한 셈이다.

"이, 이런 신묘한."

제가 직접 겪었음에도 쉽게 믿을 수가 없는 일이었다.

멍한 눈으로 사마종을 바라보았다.

역시나 천하제일인, 사람 경지를 훌쩍 넘어선 신인이다.

―자네들 충분히 고생하였네. 뇌공 선배께도 감사하다고 전해주게나.

"예, 검백!"

넷은 부랴부랴 두 손을 맞잡으면서 허리를 깊이 숙였다. 불현듯 바람 한 줄기가 그들 사이를 스치고 흩어졌다.

한참을 그리 있자니, 세상 없이 조용하다.

가장 앞에 있던 용형개가 슬그머니 고개를 들었다. 창고 방은 이제 그대로였고, 사람이 서 있는 흔적은 조금도 없었다.

용형개는 허리를 세우고서, 목덜미를 긁적거렸다.

"하이고야, 귀신이 곡할 노릇일세."

올 때도 그러하나, 갈 때는 더욱 감쪽같으니.

과거에 말하기를, 검백은 바람을 타고 일천 리를 나아간다고 하더니. 그게 그냥 떠도는 헛소문이 아닌 게다.

관제묘, 개방 총타에서 검백은 천천히 걸어나왔다.

나서는 그를 아무도 알아보지 못했다. 황폐한 관제묘에는 그저 방만한 모습으로 주저앉은 거지가 여기저기 흩어져 있어서, 딱히 경계랄 것이 전혀 없는 듯하나.

실상 개방 총타야말로 천하에서도 손꼽을 만큼이나 삼엄한 곳이었다.

보보마다, 처처마다, 절정을 넘어선 거지들이 있어서, 물샐 틈 없는 경계망을 이루었다.

사각이 전혀 없어서, 설사 황궁이라 해도, 이곳에 비할 바가 아니다.

그럼에도, 누구 하나 사마종이 들고 나옴을 알지 못했다. 그는 그저 스치는 바람과도 같았기 때문이었다.

사마종이 지나치고 나서야, 바람이 일었는가 할 뿐이었다.

그리 나선 사마종은 잠시 고개를 돌렸다.

─소림사를 목표로 한다. 천하를 속이면서, 휘하를 모두

모았단 말이지. 그 말인즉, 성마교가 기어코 방도를 마련하였구나.

사마종은 고개를 흔들었다.

성마교가 무엇을 노리는지, 어쩌면 천하에서 가장 확실히 아는 사람은 자신 정도일 뿐이다.

이는 스승이신 신검 이후로 전해지는 신검일맥의 굴레이고 의무와 연관된 일이기 때문이었다.

성마교가 어떤 희생을 하더라도 찾고자 하는 것.

바로 성마가 남긴 조각, 바로 존체가 소림사에 있기 때문이었다.

검백은 그만 가슴이 무거웠다. 가만히 지켜볼 수도 없을 뿐만 아니라, 검백은 그 사정이 있어서 전력을 다할 수도 없었다.

─스승께서 걱정하시던 날이 기어코 가까이 온 모양입니다.

불현듯, 사마종은 쓸쓸하게 중얼거렸다.

착잡함에 저도 모르게 내뱉는 한숨이 길었다. 하남에 이는 누런 모래바람이 멀리서 몰려왔다.

그에 마주하는 사마종은 지그시 눈을 감았다.

홀연 서늘하고 맑은 기운이 솟아올라서는 전신을 에워싸고 흩어졌다.

신검으로부터 전해지며, 검백이 평생을 두고 수련한 신
검일맥의 독문무공, 신검기다.

한 차례 신검기를 일으킨 것만으로 개봉부를 향해서 밀
려오는 누런 먼지바람이 스걱! 갈라졌다.

일시에 누런 하늘 너머, 새파란 창천이 드러나고, 밝은
햇빛을 뿌렸다.

멀리 있는 사람들은 돌연한 기사에 놀라서 우왕좌왕했다.

한차례 기운을 뽑아내고서, 사마종은 진지한 얼굴로 앞
으로 나섰다.

개봉에서 소림사까지.

바로 옆이라고 할 수는 없었지만, 적어도 사마종에게는
한 걸음이나 다름없었다.

새파란 창천 아래로, 검백은 담담하게 나아갔다.

제5장
숭산을 에워싼 검은 구름

　태초에 신인(神人)이 있었다.

　그는 혼돈 속에서 천지가 갈라질 때에 떨어져 나온 한 조각이라고도 하고, 천지영령(天地英靈) 사이에서 잉태된 존재라고도 한다.

　모를 일이다.

　땅이 솟아올라 세상의 지붕이 되고, 기약 없는 눈보라가 쏟아질 때에도, 그는 홀로 존재했다. 그것은 일천 년, 일만 년 세월로도 감히 헤아릴 수가 없는 아득한 시기였다.

　그는 세월 속에서, 신성, 인성을 모두 깨우쳤고, 그제야 스스로 있음을 알았다.

혹독한 자연 속에서 겨우 살아가는 자들이 있어, 그를 숭배했고, 비로소 성마라는 이름이 퍼져나갔다.

천산, 가장 혹독한 곳에 신인이 있으니, 그를 따르면 인간의 탈을 벗어서, 고난을 끝내고 복락을 누린다. 그렇게 자연스럽게 신앙이 발생하고, 성마교라는 체계가 이루어졌다.

따르는 이들은 성마의 돌봄을 받으며 삶을 이어나갔고, 성마에 기대어서 외세 고난을 이겨냈다.

성마는 높이 솟은 천산, 그 자체와 다를 바가 없었다. 사람의 몸으로는 감히 범접할 수 없는 까마득한 존재이니, 그저 숭배하고 숭앙할 따름.

누대를 이어온 세월은 까마득하여라, 그 사이에 교는 체계를 갖추었다.

직책이 생기고, 권력과 책임이 뒤따른다. 그 기준이 되는 것은 성마의 뜻을 받아들일 수 있느냐였다.

그런 성마의 충실한 종복으로, 빈자리를 대신할 수 있도록 허락을 받은 유일무이한 자가 있으니, 교의 현인이라고 달리 부르기도 하는 자, 좌현사 등벽이다.

현사의 직책은 오롯이 존재하는 성마를 보필하며, 교인을 단속하고, 살피는 것이 임무였다.

그러나 지금 보필하고 숭배해야 할 대상을 잃은 것이 벌써 한세월이었다. 그것은 일이백 년의 세월이 아니었으니. 아무리 경지가 남다르더라도 하더라도, 사람에게 세월만큼 이나 지독한 독은 없다.

등벽은 눈을 감고 있었다.

어디서부터 이는 바람인지, 몰아치는 거친 바람을 가만히 받았다. 헝클어진 머리카락이 흩어졌고, 낡은 유삼의 옷자락이 펄럭였다. 한층 야윈 얼굴에는 귀기라도 어린 것처럼 푸르스름한 빛이 가득했다.

그렇게 눈 감고 침묵하기를 한참, 등벽은 짧은 한숨을 흘리면서 외눈을 천천히 떴다.

하나 남은 눈에는 피로감이 역력했고, 없는 눈가에서는 지끈한 통증이 계속해서 맴돌았다.

피로와 없는 것에 대한 고통이다. 어느 것 하나, 손 쓸 도리가 달리 없는 일이다. 그는 지친 눈을 들었다.

불빛 한 점 없어, 망망한 야공이 눈앞에서 한껏 펼쳐져 있었다. 지금 그는 높은 산정에 올라 있었다.

어둠의 바다는 아득하고, 물결 일렁이듯 흐린 구름이 드문드문 흘렀다. 구름을 밀어내는 바람은 얼음조각이 실려 있는 것처럼 싸늘하고 날카롭다.

들리는 소리는 오로지 거센 바람 소리뿐.

정면으로 맞받으면서 등벽은 산하, 어둑한 일대를 향해서 깊은 눈빛을 던졌다.

어둠만이 고여 있건만, 과연 무엇을 보는 것인가.

"숭산은 과연 험하군."

바람 사이로 등벽의 한마디가 흩어졌다.

오악의 하나로, 마땅히 천하 명산으로 손꼽는 숭산이다. 험준한 산세는 익히 알려진 바가 아니겠는가. 새삼스럽다면 새삼스러운 말이었다.

무엇보다, 등벽을 비롯한 성마의 인물들에게는 천하 험지가 따로 없다. 이곳에는 소림사가 있는 까닭이었다.

성마교의 오랜 숙적이라 할 곳.

천하무종, 천년소림. 두 이름으로 다른 말이 필요치 않다. 저기에 이르는 길은 누구나 다닐 수 있도록 평탄하기 그지없으나, 다른 한편으로는 누구도 소림사의 눈을 피할 수가 없다.

한참 깊은 어둠, 동녘에서부터 서서히 색을 달리하기 시작했다. 날이 밝아오고 있었다. 싸늘한 바람을 맞이하면서 한참이나 자리를 지키고 있었다.

밤을 하얗게 지새운 참이었다. 그래도 몸이 굳을 사람은 아무도 없었다.

몸을 돌리자, 뒤로는 수십, 아니 수백에 가까운 안광이 무섭게 타오르고 있었다. 성마를 따르는 교인들이고, 세상이 말하는 마인들이다.

그들은 드러나는 동천의 어슴푸레한 빛을 받으면서 등벽, 한 사람만을 바라보았다. 집중하는 그들이야말로 마지막 과업을 완수하기 위해서 모든 것을 내버린 자들이었다.

성마의 진실한 교인이라고 할 수 있겠다.

등벽은 그들 모습을 보면서, 하남 온갖 곳에 숨겨두었던 비선의 존재가 새삼 아쉽게 느껴졌다. 아니, 그뿐만이었을까. 오랜 세월을 두고 준비하였던 대계의 씨앗들 또한 안타깝기 그지없었다.

"그래. 그래도 그만한 일을 해내기는 하였지. 해내기는 하였어."

등벽은 낮게 읊조렸다.

안타깝기만 할 일은 아니었다. 소림사의 그가 마지막에 외면하지 않은 덕분에, 소림사에 그것이 있음을 확신할 수 있었다. 그것만으로도 큰일을 해준 셈이 아니겠나.

이외에도 여러 일이 있었지만, 그 모두를 감수하고, 또는 숨은 패를 굳이 드러내어, 천하의 이목을 돌리기도 했다. 동서남북을 가리지 않고 온갖 일을 다 벌였으니. 바로 이때를 위해서였다.

그리고 등벽은 괜스레 찬 바람을 폐부 깊이 끌어들였다.

천하의 좌현사라도, 소림사라는 이름에서 느껴지는 무게
는 가볍지 않다.

뜻하는 바를 이루기 위해서는 반드시 소림사를 넘어야만
했다.

지금 교의 상황은 절대 유리하지 않았다. 자칫하면 이어
나가는 성마교의 맥이 끊어질지도 모른다. 그만한 위험을
안고 있다.

"그래도 어쩌겠는가. 소림사는 가만히 둘 수 없다."

등벽은 힘주어 중얼거렸다. 다른 사람에게 하는 말이 아
니었다. 주저하는 마음이 계속해서 이는 자신을 다잡기 위
한 소리였다.

"좌현사, 배치는 모두 끝났습니다. 그리고 미끼 또한."

그즈음에, 마인 한 명이 다가와 속삭였다. 등벽은 느리게
고개를 끄덕였다. 배치는 진즉 끝났을 것이다.

깊은 밤이고, 깊은 산이라 한들, 눈 어두운 자는 아무도
없으니. 다만, 등벽의 말을 기다리고 있을 따름이다.

"그런가. 그럼……."

등벽은 숨을 삼켰다. 그는 퍼뜩 눈빛을 달리한 채, 시퍼
런 인광이 맺힌 눈으로 산 아래를 지그시 노려보았다. 그곳
에는 피어오르는 하얀 산안개 사이로 언뜻 사찰의 지붕이
흐리게 보였다.

소림사였다.

*　　　*　　　*

소림사.

비바람에 색 바랜 현판은 그 세월이 한참이다. 그래도 소림사 본래 역사를 생각하면 불과 몇 대에 불과했다. 난세가 거듭한 세월, 와중에 사찰이 불타거나, 무너진 것이 몇 차례이던가. 그럼에도 소림사는 어김없이 다시 일어났다.

난리에 흩어지더라도 소림사의 명맥은 이어진다.

천년 소림이라 하는 것은 숭산 소실봉에 자리한 고찰이기 때문이 아니다. 소림의 정신이었고, 정신을 받드는 제자들이 있기 때문이다.

그렇기에 천년을 버티어서 맥을 이어가는 것이다.

이른 새벽, 산사 앞은 사방이 고요했다. 하늘이 막 밝아오고, 산안개가 뭉게뭉게 피어올랐다.

어린 사미승, 여럿이 산문 앞에서 계단과 바닥을 쓸었다. 쓰윽, 쓰윽 빗자루질 소리가 여기저기서 울렸다. 밝아오기도 전에 일어나서 산사 주변을 청소한다.

산에서 불어 내려오는 새벽 찬바람에 어린 사미들은 두

볼이 한참 발갛다. 빗자루 쥔 손에 하아, 하아 입김을 불어 넣기도 하면서 부지런히 움직였다.

불현듯 종소리가 은은하게 울렸다.

데에엥……. 데에엥…….

빗질을 멈추고, 사미승들은 빤히 고개를 들었다. 때를 알리는 종소리였다. 작은 손으로 가슴 앞에 합장하고서 깊숙하게 허리를 접었다.

입술을 오물거리면서 '아미타불'을 읊는다.

산은 그대로 산이고, 산사는 그대로 산사이다.

은은하게 울리는 산사의 종소리가 한참 멀어지고서야, 사미승들은 다시 고개를 들었다. 빗질하는 소리가 한층 분주하게 울렸다.

청소를 마무리할 때였다. 서둘러서 빗질하다가, 문득 한 사미가 고개를 들었다. 안개 고인 산길, 그 너머로 누군가의 그림자가 아른거렸다.

"어어?"

이리 이른 시간에 산을 오르는 사람은 달리 없는데.

잘못 보았나 하여서, 사미승 한껏 미간을 잔뜩 모았다. 아니, 잘못 본 것은 아니다. 위태하게 휘청, 휘청하면서 다가오는데. 그 모습에 사미승은 화들짝 놀랐다.

"으헤헤헤헥!"

놀란 소리가 기괴하게 터졌다. 빗질만 가득할 뿐, 차분하던 산사 앞마당에서 돌연한 소리에 사미승들이 고개를 돌렸다.

"뭐야? 뭐?"

"왜 그래?"

사미승들은 빗자루를 들고서 우르르 몰려왔다. 뭔가 다른 일이 생기면 바로 호기심이 생기는 어린 마음은 어쩔 수 없으렷다.

"저, 저기! 저기!"

처음 사미승이 짧은 손가락을 세웠다. 하지만 안개가 여전히 고여 있을 따름이지, 달리 눈에 들어오는 것은 없어라. 다른 사미승들은 고개 갸웃거렸다.

"뭐가? 뭐 아무것도 안 보이는데."

"아니, 분명히 저기 누가 있었는데……."

목소리가 부쩍 자신감을 잃었다. 아무 일도 아닌데 놀란 소리를 내었다는 것이 부끄러운지도 모른다.

"에이, 또 이상한 소리를."

시큰둥하여서, 사미들은 입술을 삐죽거렸다.

"아닌데. 진짜…… 아닌데."

"빨리 빗질이나 해. 또 혼나겠어."

"우웅."

아이들은 관심이 식어서는 바로 면박이다. 다들 구시렁거리는 데, 이내 불호령이 떨어졌다.

"이놈들! 어서, 어서 마무리해야지. 청소는 않고, 무슨 딴짓이냐!"

"아이구야!"

"으히익!"

멀리서 보면, 장난질로 밖에는 보이지 않으니.

호통 소리에 놀라, 아이들은 부랴부랴 흩어져서는 자기 빗자루를 챙겨 들었다. 딴청 피우듯이 괜히 힘주어서 빗질이다.

쓱싹, 쓱싹, 빗자루 소리가 한층 요란했다.

소림사 산문으로 청년 승인이 찌푸린 얼굴을 한 채, 걸어 나왔다. 그는 우선 혼자 엉거주춤 있는 사미승 앞까지 가서는 입술을 꽉 물었다.

이놈! 하며, 내려다보는 눈초리가 험하다. 사미승은 안절부절못했다.

"이 녀석. 오기!.."

"히익, 법인 스님."

"아침 청소 시간에 뭣 하는 게야?"

"저, 저기. 사람이 있었는데. 지금 안 보입니다."

"사람이?"

무슨 뚱딴지같은 소리인가. 청년승, 법인은 고개를 갸웃하고서, 사미승이 가리키는 손가락을 따라서 고개를 들었다. 그 자리에는 안개가 여전히 짙다. 그런데, 법인은 눈살을 잔뜩 찌푸리면서 집중했다.

안개 아래로 뭔가 웅크리고서 힘겹게 꿈틀거리고 있었다.

"어허?"

법인은 한층 조심스러운 기색으로 그쪽을 살폈다. 저것은 분명 사람의 기척이 아닌가.

이리 이른 새벽에 산사 앞으로 굳이 올라선 것도 그렇지만, 저이의 상태가 또한 좋아 보이지 않는다.

"어이쿠, 아미타불!"

법인은 이내 승포를 걷어붙이고서 헐레벌떡 안갯속으로 뛰어갔다. 거기에 쓰러져 있는 것은 어떤 승인이었다. 흙바닥에 고개를 처박고서 흐린 숨을 어렵게 이어가고 있다. 한눈에도 좋지 않은 상태라는 것은 뻔히 알겠다.

법인은 바로 쓰러진 승인을 부축했다. 축 늘어진 몸을 세우자, 파리하게 질린 얼굴이 눈에 들어왔다. 모르는 얼굴이 아니었다.

못 본 지가 한참이라지만, 어찌 동문 사형의 얼굴을 알아보지 못할까.

"어억! 법, 법능 대사형!"

뎅뎅뎅!
다급하게 울리는 종소리가 산사의 고즈넉한 아침을 깨뜨렸다. 장중하게 울리는 범종과는 전혀 달랐다.
종소리가 울리고, 법인을 비롯한 삼대, 사대 제자들이 사방으로 뛰어다녔다. 그 요란한 와중에, 사미승 오기는 바로 아이들 사이에 턱을 치켜들었다.
"봤지. 정말 사람이었다니까!"

법능, 법자 배의 대사형으로 비록 강호 도상에 이름을 알리지는 않았으나, 그 품성, 재지, 불성, 무재, 어느 것 하나 모자람이 없었다.
그야말로 총명이 과인하다 할 정도로, 다음 방장은 분명 법능이라, 소림사 모두가 은연중에 인정하는 바였다.
다만, 한 가지.
법능은 어린 시절부터 소림사에서 자랐기에 바깥을 알지 못했다. 그것은 불문의 수행자로서도, 무인으로서도 바람직한 일은 아니니.
약관을 훌쩍 넘겼을 적에, 방장의 명을 받아서, 딱히 관심을 둔 바도 없는 속세로 긴 수행을 떠났다. 기한을 따로 두지 않았고, 다른 목적지도 없이, 그야말로 정처 없는 탁발수행에 나선 것이다.

수년 동안이나 별다른 소식이 없었는데, 갑작스럽게 빈사 상태가 되어서 산문 앞에 쓰러져 있다니. 이것이 대관절 무슨 변고란 말이더냐.

짐작할 길은 없었다.

약왕당 앞으로 소림사 제자들이 잔뜩 긴장한 얼굴로 어수선하게 모여 있었다. 초조함을 감추지 못했다. 그 상황 속에서 소림사의 심처에도 소식이 닿았다.

"법능이?"

고개를 들었다. 급한 소식으로 선정을 유지하고 있을 수는 없었다. 오래도록 앉아 있던 좌선을 풀고서, 자리에서 일어났다.

달마동의 동혈 앞에서는 식은땀이 가득한 채, 오현이 고개를 숙이고 있었다. 가슴 앞에 세운 반장이 흔들렸다.

"방장, 본산에 다시 어둠이 드리운 듯합니다."

"그렇군. 그렇구나."

동굴 밖으로 나온 방장은 산사 주변을 잠시 둘러보고서 느리게 고개를 끄덕였다. 어수선한 소림사였고, 숭산이었다. 망아에 빠져든 것이 하도 오래였던가. 이러한 어수선함을 이제껏 깨닫지 못하고 있었다니.

방장은 오랜 염주를 천천히 굴렸다.

"허어, 이 일로 괜한 피해는 없어야 할 것인데."

"방장, 어인 말씀이신지?"

오현이 문득 고개를 들었다.

"아니다. 가자꾸나. 법능의 상태를 먼저 봐야겠다."

"예, 방장."

바로 약왕당으로 향했다.

한달음에 달려가고 보니, 이미 배분을 떠나서 여럿의 승인이 한데 모여 있었다. 다음 방장으로 당연하게 여기고 있었던 법능이다.

그런즉, 오래도록 소식이 없음에도 크게 마음 쓰는 바가 없었건만. 법능이 빈사지경이 되어서 산문 앞에 쓰러졌다고 하니.

소식을 듣기가 무섭게 바로 자리를 박차고 모여든 참이었다.

승인 여럿이 안절부절못했다.

아미타불, 아미타불, 속절없이 불호를 읊으면서 약왕전 앞에 모여 있었다. 혹여, 치료를 방해하게 될까, 저어되는 까닭으로, 약왕전 앞까지는 왔어도, 막상 안으로는 들지 못했다. 그러던 차에 방장이 약왕전에 닿았다.

"방장."

"방장 사형."

"음."

좌우로 물러나면서 길을 내었다. 고개 숙인 제자들에게 손을 한번 들어 보이고서 약왕전의 높은 문지방을 넘어서 안으로 들어섰다.

"방장, 오셨습니까."

약왕전주 공령이 조용히 다가섰다. 방장은 잠시 허리를 세우고 그의 안색을 잠시 보았다.

식은땀 맺힌 얼굴, 미간에 골이 깊었고, 지그시 깨문 입술이 떨린다.

"법능은 어떠한가? 많이 위중한가?"

"급히 손을 쓰기는 하였습니다만."

"어떠한 상태인고?"

"그것이…… 직접 보시지요."

설명하기도 어려운 상태라는 뜻이겠다. 방장은 눈을 지그시 감고서 손에 쥔 염주 알을 천천히 굴렸다. 숭산처럼 높고 단단한 수양을 쌓았다고 해도, 가슴이 동요하는 것은 당연한 일이니.

'아미타불.'

입술을 달싹이고서 방장은 안으로 들어섰다. 먼저 엄습하는 것은 다른 게 아니었다. 그것은 오감으로는 감지할 수 없는 다른 무엇이었다.

한없이 불길하고 또 불길하다.

그리고 나서야, 병상 모습이 눈에 들어왔다. 빈사지경인 법능이다. 더없이 야위었고, 검게 물든 얼굴을 한 채, 누워 있었다. 흐린 숨소리가 아니었으면, 한눈에 생사를 가늠하기가 어려운 모습이었다.

재지 넘치던 법능의 모습이 아직도 선명하건만, 불과 수 년 세월 만에 이리 병든 모습을 마주할 줄이야.

"법능, 법능아."

파란 얼굴이 한껏 야위었다. 무슨 고초를 겪었는지. 듬성 듬성한 머리카락에는 상처가 가득했다. 그래도 남은 것은 소림의 계인이라.

"사기가 가득하구나."

"예, 상태가 심히 위중합니다."

공령은 방장의 중얼거림에 한숨을 흘렸다. 참으로 막막한 상태였다. 맥이 약하고, 정기가 크게 쇠했으며, 근골은 물론이고 골수에까지 병기가 치밀었다.

얼마나 방치되었는지 모를 상황이었다. 그런데 방장은 바로 고개를 가로저었다.

"아니, 법능의 일이 아니다."

"예?"

공령이 의아함에 고개를 들었다. 방장은 한숨을 삼켰다. 몸을 돌려서 밖을 향해 외쳤다.

"법공, 법정은 게 있느냐!"

"예, 방장!"

크게 외치자, 기다렸다는 듯이 두 승인이 달려왔다. 방장은 그들이 미처 예를 갖출 틈도 주지 않고, 바로 말했다.

"종을 울려라. 바로 종을 울려."

"종을 울리라 하심은?"

법자배 두 승인은 퍼뜩 고개를 들었다. 의아함이 솔직했다. 그러자 방장은 드물게도 재차 호통을 쳤다.

"종이 무슨 종이겠느냐! 사대범종을 모두 울리고, 제자들을 내원으로 피신시키도록 하라!"

"사, 사대범종을!"

"어서!"

방장은 크게 발을 굴리며 다그쳤다. 법자배 두 승인은 더 물을 틈도 없이 바로 몸을 돌렸다. 예의를 갖출 정신도 없었다.

소림사의 동서남북으로 종루를 세웠는데, 그 자리에 있는 모든 종을 울리라고 함은, 곧 대적이 코앞에 있다는 뜻이나 다름없었다.

"아니, 방장."

공령은 눈을 크게 떴다.

"법능을 미끼로 삼았구나. 간악한 것들."

"그 말씀은?"

"마도, 성마를 따르는 삿된 것들이다. 그들이 손을 쓴 것이 틀림없으니. 이 지경으로 만든 법능을 들여보내고서, 뒤이어 움직일 생각이겠지."

공령이 미처 무슨 말을 하기도 전이었다.

데에에엥! 데에에엥! 땅땅땅땅!

종소리가 은은하게 울렸다. 그뿐이랴, 다급하게 치는 목어 소리가 분주했다. 상황의 화급함을 알리는 것이었다.

방장은 깊이 가라앉은 눈으로 힘주어 염주를 움켜쥐었다.

데엥! 데엥!

종소리가 크게 울렸다. 그것을 시작으로 사찰에 있는 모든 종이 연이어 울렸다. 단순한 종소리가 아니었다. 시간을 알리는 것도 아니고, 일과를 알리는 것도 아니다. 급박한 종소리는 이변을 알리는 것이다.

그것은 은밀하게 접근하려는 이들로 하여금 덜컥 고개를 치켜들게 했다.

등벽은 소림사가 지척인 곳에 있다가 고개를 돌렸다. 너머를 흘겨보는 눈초리가 한껏 일그러졌다. 바람을 타고, 소실봉 일대로 퍼져가는 종소리가 사뭇 요란했다.

"이런……."

이것은 좋지 못한 일이다. 첫째 계책이 어그러진 셈이니.

"소림사에서 먼저 눈치를 채었군. 먼저 들여보낸 미끼도 크게 기대하기는 어렵겠구먼."

"좌현사, 그럼."

"다소간의 피해는 각오해야겠지."

"……."

등벽은 잠시 이를 드러내며, 싸늘하게 내뱉었다. 그러자 조용히 다가선 마인은 어두운 얼굴로 바로 고개를 숙였다. 굳은 얼굴을 차마 보일 수가 없었다.

그는 마령사자라는 직책으로, 좌현사를 가장 오래도록 따른 심복 중 심복이었다. 겉모습은 이제 막 마흔 무렵에 접어든 것으로 보이지만, 그 또한 갑자 세월을 우습게 넘긴 노마였다.

마령사자는 그러나 질끈 입술을 깨물었다.

지금 도모하려는 곳은 다른 어느 곳이 아니라, 천년소림이 아닌가. 어찌 희생과 피해를 각오하지 않고서 향할 수가 있겠나.

다만, 좌현사의 지령을 쫓아서 모인 여기 모두는 오래전부터 중원 각지에 뿌려둔 마도의 씨앗, 이매망량들이었다.

한번 박차고 나서면, 능히 일주의 패주가 되고도 남을 자들이었다. 그런 이들이 짧게는 십여 년, 길게는 반평생에 이르도록 본신 내력을 전부 감추고서 촌부로, 의원, 유생, 도사, 표사 등등으로 살아왔다.

힘이 있음에도 억누른 세월이었다. 어디 말처럼 쉬운 일이겠는가. 오로지 성마를 향한 신심 하나가 있어서 그리하였으니. 실로 교의 보배라 할 이들이다.

과거의 좌현사라면, 그런 이들의 희생을 감수할지언정, 결코 당연하게 여기지 않았다.

고개 숙인 마령사자는 행여 속내가 드러날까, 쉽게 눈을 들 수가 없었다.

실감한 그 차이가 어찌 이리도 불안한 것인지.

바로 이책을 준비하겠다고, 어렵게 답하고서 뒷걸음질로 물러났다. 그러다가 흘깃 눈을 들었다.

좌현사는 물러나는 그를 돌아보지 않았다. 멀게 보이는 숭산 일대를 향해서 외눈을 번뜩였다. 차갑지만, 뜨거운 눈초리였다.

그런데 막상 소림사 앞에 이르렀을 때에, 성마교의 마인들은 그만 당황하고 말았다.

좌현사마저도 외눈을 크게 뜨고, 잠시 주춤할 정도였다.

"아니, 이런…… 이런 수를 쓰다니……."

소림사 앞에는 아무도 없었다. 무인지경이라는 말이 틀림없었다.

종을 크게 울리고, 한참 소란을 일으키는 소리를 멀리서 듣고는 처음부터 큰 충돌이 있겠구나, 예상했던 바인데. 막상 들이치고 보니, 있는 이가 하나 없다.

이게 무슨 영문인가.

등벽은 소림사의 형편을 잘 파악하고 있었다. 그렇기에 지금을 노린 게 아니었던가. 헌데, 파악한 바에도 불구하고 아무도 없다는 것은, 그가 예상치 못한 다른 수단이 있다는 것으로밖에는 볼 수가 없었다.

"으음."

"좌현사, 어찌할까요."

"일단 진입한다."

"예!"

성마교, 그들이 몰려오고 있다.

내달리는 그들은 이미 각오를 다진 모양인지, 조금도 기척을 감추지 않았다. 검붉은 물결이 소림사를 향해서 몰려오는 듯하다.

그렇게 우르르 밀려드는데. 아직 거리가 있으려나, 기세가 사뭇 흉흉하기 이를 데가 없었다. 산문까지 들이닥치는 데에 그리 오래 걸리지도 않을 터이다.

"기어코 오고 말았는가. 아미타블, 아미타블."

한숨과 함께 내뱉는 불호가 천근처럼 무겁다.

이제부터 얼마나 많은 목숨과 피가 헛되이 스러질지. 방장은 어렵지 않게 짐작할 수 있었다.

홀로 선 방장은 산문 너머를 마냥 지켜보았다. 그는 불현듯 아침 햇살을 받아 빛나는 사찰의 전경을 찬찬히 둘러보았다.

소림사, 발타 선사께서 사찰을 창건하였고, 이후 달마 선사께서 이곳에 선종의 가르침과 더불어 불가의 공부를 전하였다.

이후로 불문과 무림, 양 방면에서 정종으로 천년에 이르는 세월을 이어오지 않았는가.

그 세월 속에 전란의 시기가 어디 한두 해였을까. 마도가 크게 흥한 시기가 또한 없었겠는가.

소림사는 무너지고, 불타고, 제자가 흩어지면서 승적이 혼란해지기도 여러 번이었다. 그럼에도 소림의 정신은 남아서, 다시금 사찰을 세우고, 이때까지 이어온 바이다.

"아미타불. 소림의 정신은 사찰에 있는 것이 아니라, 제자에게 이어지는 것이지."

방장은 낮지만, 힘 있는 목소리로 말했다. 자신을 향한 말이기도 했다.

그는 이내 치렁한 가사 자락을 정돈하여서, 굳게 닫아건 산문을 지켜보면서 가부좌를 취했다. 허리를 꼿꼿하게 세웠다.

사위가 고요하니, 들리지 않는 마기의 기척만 아니라면 평소의 고요한 산사의 아침이겠다.

주변에 다른 기척은 조금도 없다. 종을 울려서, 남은 제자들은 모두 물러나게 하였으니. 때가 때인지라 다른 여지가 없었다.

하필, 나한당은 물론, 백의전, 심지어 달마원 무승들마저 모두 산에 없었다. 마도를 일소하면서 소란한 하남 일대를 중심으로, 강북 무림을 돌보기 위해서, 가능한 모든 제자를 내려보낸 참이었다.

"생각하면 이 또한 노린 것이겠구나."

무망의 일로, 무자배 몇은 마음이 크게 상하여서, 폐관에 들었거나, 산중 암자로 들어간 지가 몇 달이었다.

종소리가 울렸으니, 그들 또한 변고를 알았을 수도 있겠지만, 때를 맞춰 오기란 쉬운 일이 아닐 게다. 당장 마도는 산 아래에서 밀려오고 있으니.

지금에서, 성마의 종자들을 맞이할 수 있는 사람은 방장, 한 사람뿐이다. 그런 연유도 있겠으나, 방장 또한 나름대로 대비를 갖추고 있었다.

방장은 사방에서 밀려드는 소란한 기척을 선명하게 느끼면서 천천히 눈을 감았다. 그리고 두 손을 단전 앞에 차분하게 포개었다.

선정인(禪定印)이라, 그로부터 방장의 주변으로는 서서히 금빛 기류가 휘돌기 시작했다.

그때, 마인들이 산문을 거침없이 넘으면서 들이닥쳤다.

마인들은 무인지경인 산문 앞을 보고 잠시 주춤했지만, 좌현사의 일성에 주저 없이 담을 뛰어넘었다. 거칠 것은 조금도 없었다.

경계하고, 잴 것도 없다.

해가 높이 뜨기 전에 소림사를 불태우겠다는 생각뿐이다.

꽝!

굳게 닫아건 것이 무색하게, 낡은 나무문은 손쉽게 박살나서 안으로 흩어졌다. 그 자리로 우르르, 줄지어 밀려들었다. 그러고도 성에 안 차니, 담 위로 날아들었다.

"으아아악!"

"와아아악!"

땅을 박차는 것과 동시에 당장 괴성이 터졌다.

살 떨리고, 가슴이 철렁 내려앉을 만큼이나 절박하고 괴악한 울부짖음이다. 그리고 수십, 수백에 이르는 검붉은 마인들이 뛰쳐나와 소림사로 뛰어들었다.

그러나 막상 소림사 내부로는 들지 못했다.

"커헉! 커컥!"

숨이 턱 막히면서, 질식할 듯 괴로운 신음이 반사적으로 터졌다.

연유인즉, 산문 뒤에 가부좌를 취하고 있는 한 사람 때문이었다. 그를 중심으로 일어나는 반구형의 거대한 금빛 기파가 선명했다.

"무상……대능력……."

뒤에 등장한 등벽은 이제 온전한 금빛 보광을 발하면서, 일체의 벽을 세운 광경을 보고서, 으득 이를 악물었다.

무상대능력이라. 불문의 무량한 공덕, 어찌 사람 몸으로 무상을 말할 수가 있겠는가만, 그에 가깝고자 수행할 따름이라.

초대 달마가 전하고, 이대 혜가가 완성한 천하의 절학, 아울러 불문항마공력(佛門降魔功力)의 극치라고 할 수 있다.

눈앞에 선명하게 드리운 금빛의 기파는 밀려오는 모든 마공절학을 막아낼 뿐만 아니라, 오히려 되돌려주기까지 한다.

반탄진력에 손을 쓴 마인이 나가떨어지는 일이 연이어 벌어졌다. 그것은 공력이 강하면 강할수록 더욱 거칠게 밀어붙였다. 호기롭게 달려든 것에 비하면 참으로 초라한 모습이 아닌가.

으억!

억!

저도 모르게 내뱉는 낮은 신음이 여기저기서 터졌다.

어느 한 곳에서만 이는 것이 아니었다. 금빛 보광은 소림사 앞마당을 전부 에워싸고서, 느릿느릿 맴돌았다.

"그만!"

등벽은 버럭 소리쳤다. 외눈에 붉은빛이 형형하게 타올랐다. 그의 일성은 수백 마인의 소리를 압도하고 널리 퍼졌다.

그 소리가 채 흩어지기도 전에, 마인들은 손을 멈추고 일사불란하게 물러났다.

고작 몇 호흡 정도에 불과한 아주 짧은 시간이었지만, 전정 일대는 온통 터지고, 내려앉아서 난장판 꼴이었다. 피어오르는 먼지가 하도 짙었다.

불과 두어 시진 전만 하여도, 사미들이 열심히 쓸었던 자리가 이렇게 되어버렸다.

멋대로 튕겨난 마공기력이 주변을 초토화한 것이다.

마인들도 적잖이 당황한 차에, 먼지를 헤치고서 등벽이 나섰다. 그는 보광이 맴도는 코앞까지 와서, 이를 드러냈다.

"방장이 직접 나설 줄은 몰랐군."

"그대가…… 현사, 좌현사로군."

"흠, 나를 아나?"

"용문제자가 따로 당부한 바가 있었지."

"용문……제자."

등벽은 잠시 말문을 잃었다.

그 이름을 그래, 어찌 모르겠나. 중원에서는 이제야 알려지면서, 천하 고수 반열에 막 올라섰지만, 등벽에게 있어서는 천하의 대적이 아닌가.

용문제자, 그리고 서천 무림의 권야.

그는 질끈 입술을 깨물고서 곧 고개 들어, 소림사를 둘러보았다.

사방이 새삼 고요하다. 맴도는 금빛 광휘 너머에서 천년 고찰은 온전했다. 여기서 일어나는 충돌이 영향을 미치지 못하고 있다니.

'그래, 인정. 인정해야지. 할 수밖에 없지. 여기는 소림사. 천년 소림. 그의 사문이기도 한 곳이니.'

속내를 다잡는다고 하지만, 중얼거릴수록 기운이 강하게 일었다. 그의 외눈에 맺히는 전광은 섬뜩했다.

등벽이 기운을 드러낼수록, 맴도는 금빛 광휘는 한층 단단해졌다.

완성에 이른 무상대능력이면, 이 정도 역량을 발휘할 수 있는 것인가.

방장과 좌현사, 두 사람 사이의 거리는 고작해야 실제로 너덧 걸음에 불과하다. 그 거리를 두고서, 일대의 종사라 할 수 있는 두 고인이 마주하고 있었다.

외눈으로 불길한 적자의 기운을 전신에 두르고 있는 좌현사, 그리고 조용히 앉아 있는 소림사의 방장.

방장은 가부좌를 취하고 두 손을 포갠 채, 조용하다. 그야말로 무방비 상태, 그러나 좌현사 등벽 또한 손을 쓸 수 없기는 마찬가지였다.

무상대능력은, 그야말로 성마에게 있어서 상극이었다. 상당한 각오를 하지 않고서는 금빛 광휘로 이루어진 방벽을 파고들 수가 없었다.

좌현사의 외눈에 핏발이 솟구쳤다.

마치 피눈물이라도 쏟을 듯하다. 그만큼이나 심중에 동

요가 극심하다는 뜻이기도 했다.

지금에 있어서 성마교의 중심이라고 할 수 있는 좌현사였다. 과거에는 마군자라 하였고, 그리 불릴 만큼이나 신망을 받은 그였다.

그러나 지금의 등벽은 과거와는 물론, 평소와도 크게 다른 모습이었다. 그럴 수밖에 없는 일이다. 그에게는 시간이 많지 않았다.

"이, 이이이!"

불현듯 몸을 떨었다. 그것이 솔직한 모습이었다. 어깨 위로 전혀 정제되지 않은 검은 마기가 피어올라서, 금빛의 광휘를 거세게 밀어붙였다.

서슬에 방장의 어깨가 흔들렸지만, 앉은 자세는 무너지지 않았다. 그리고 그윽한 눈길로 여전히 바라만 보았다.

등벽은 이를 갈아붙이며 험악하게 쏘아붙였다.

"그런 눈으로 보지 마라."

"어떤 눈을 말하는가? 좌현사여."

"바로 그 눈!"

노기를 드러내면서 등벽은 내처 일장을 내쳤다. 두웅! 앞을 막아서는 방벽을 거세게 흔들고서, 더욱 날카롭게 파고들었다.

그것은 고요한 방장의 미간에 닿을 듯하다가 멈췄다. 더

뻗어 나가지 못했다. 단 일 촌의 거리, 아니 그것보다 더욱 짧다. 닿을 듯한 거리에서 더 나아가지 못했다.

"크으!"

좌현사는 이를 악물었다. 방장의 낯빛에는 한 점의 흐림도 없었다. 그는 반개한 눈을 천천히 들어서 온 힘을 다하는 등벽을 바라보았다.

"그만 물러가라."

"커흑!"

소림사를 불태우고자 달려온 참이다. 그에 따른 피해도 당연히 각오한 바였다. 헌데, 정작 사람 하나를 제대로 넘지 못하고 제지당하는 처지라니.

이것을 어찌 받아들일 수가 있겠는가.

"물러가라? 그럴 수야 없지. 그럴 수야 없어. 오늘 너희 소림사를 불태우지 않고서는 도무지 물러날 수가 없다!"

발악에 가깝다.

등벽의 일성에 번쩍 정신이 든 다른 마인들도 부랴부랴 땅을 박찼다. 그들은 무상대능력으로 이루어낸 불광을 막무가내로 밀어붙이기 시작했다.

등벽은 어둠에 물든 것처럼 검은 손을 계속해서 휘둘렀다. 보이지 않는 벽을 긁어내는 마도의 검은 손은 닿지 않았지만, 방장에게 타격은 주고 있었다.

미동도 없는 얼굴이 서서히 납빛으로 물들어가는 것이 그 증거였다. 두려운 일이다.

"성골, 성골을 당장 내놓아라! 간악한 것들아!"

"성골?"

방장은 들썩거리는 어깨를 짓누르면서 고개를 치켜들었다. 허우적거리면서도, 끝내 닿지 못한 것이 이리 분할 수가 없다. 등벽의 일그러진 얼굴에는 패악이 가득하다. 방장은 새삼 어깨를 떨쳤다.

가슴 앞에 세운 합장한 손에서 비롯하는 금광이 한층 짙었다.

부우우웅!

낮은 울림과 함께 버티고 서는 두 다리가 주륵 밀려났다.

"이익!"

"성골이 무엇이든, 그런 것이 있다손 치더라도, 너희 마도 것들이 하는 양이 불 보듯 뻔하건만, 어찌 내어주겠느냐! 무슨 악업을 쌓으라 하는 겐고!"

웅장한 목소리가 마치 꾸짖듯이 우렁우렁 울렸다. 그것 자체로 어지간한 마공은 그대로 흩어질 정도였다. 그러나 등벽은 어깨 한번 들썩였을 뿐이다. 그는 버티고 선 채, 타는 듯한 고통에도 불구하고 무상보광을 붙들었다.

성골이란 게 대체 무언지.

밀어붙이는 두 손이 검게 타들어 가는 듯했다. 이 정도면 무상보광도 결국 깨지고 만다. 이제 버티는 것만이 능사가 아닌지라.

'각오를 다져야겠군. 아미타불, 세존이시여.'

합장 한 가운데, 그는 목에 건 천불염주 속으로 두 손을 불쑥 집어넣었다. 그때였다.

쐐애애액!

소리가 빠르다. 듣는 것만으로 위압감이 선명하다. 흠칫, 등벽은 밀어붙이는 손을 본능적으로 거두었다.

분노한 와중에도 현명한 대처였다.

등벽이 주춤하는 그 짧은 순간, 수십, 수백, 아니 기천을 헤아리는 검기가 솟구쳤다. 하늘에서 떨어지고, 땅에서 솟구친다.

파파파팍! 요란한 소리가 터지는데, 검기 하나는 불괴신이 아닌 자가 없는 마인들을 전부 곤죽으로 만들기에 충분한 위력이 있었다.

비명 터질 틈도 없었다.

등벽은 돌연한 기사에 허겁지겁 물러났다. 그는 당장 고개를 치켜들었다. 저 먼 곳의 하늘, 그 자리에서 표표히 떨어지는 한 이가 있었다.

고요한 신색, 방금 한 수는 그에게 일도 아닌 듯이 보였다.

"검⋯⋯백!"

천하제일인, 그가 지금 등장한 것이다. 그러나 등벽은 이를 드러내며 웃었다. 그래, 이제 바퀴가 제대로 돌아가기 시작했다. 웃음은 잠깐, 등벽은 언제 광기를 일으켰느냐는 듯이 착 가라앉은 목소리로 말했다.

"물러난다."

"좌현사! 허나!"

"지금은⋯⋯ 물러난다."

등벽은 싸늘하게 내뱉었다. 일체의 반론은 받아들이지 않겠다. 그 뜻이 분명하여, 마인들은 동료의 피를 뒤집어쓰고서도 더는 반박하지 못했다.

등벽이 뒷걸음질 치자, 남은 이들도 물러섰다.

다른 말은 필요치 않았다. 그리 오래 걸리지도 않을 터이니까.

물러나는 등벽과 성마교의 마인들, 무리는 수십을 족히 헤아리는 마인의 시체를 챙기고서, 발 빠르게 물러났다.

올 때에도 순식간, 갈 때에도 순식간이다.

―위험하였구려.

"이리 나서주셨으니. 감사할 따름입니다. 신검."

―하하, 신검은 무슨. 아직 멀고도 멀었소.

검백이라 불리며, 능히 천하 으뜸으로 손꼽는 천하의 검객, 사마종은 손을 휘휘 내저었다. 당대의 천하제일인이라고 하여도, 스승께서 이루신 경지에는 한참 부족하다.

신검이라는 칭호는 받기 어렵다.

한껏 낡은 백포장삼을 뒤로 늘어뜨린 채, 그는 뒷짐을 지고서 눈을 가늘게 떴다.

지금 가부좌를 취하고 있는 방장의 상태를 헤아린 까닭이다.

―허어, 이런. 이런.

머릿속으로 바로 울리는 검백의 심어, 그렇기에 감정 또한 솔직하게 전해왔다. 검백은 한눈에 방장의 상태를 알아보았다.

방장은 쓴웃음을 잠시 지었다.

"아미타불."

―어찌 그런 선택을 하셨는가.

"제자들이 상하는 것보다야 훨씬 나은 일이 아니겠습니까."

방장은 합장하여서 느릿하게 고개를 숙였다.

안타까운 일이다. 그러나 검백은 그 뜻을 존중하여서는 한 걸음 물러나 가슴 앞에 두 손을 모아, 합장하여 천천히 고개를 숙였다.

연배로도 배분으로도 까마득한 차이가 있었지만, 먼저 고개 숙이기를 주저하지 않았다. 이것은 의기에 탄복하는 바였고, 대의를 이해하는 까닭이기도 했다.

　　소림사의 슬픔을 어찌 모를까마는.

　　검백은 뒷짐을 지고서 문득 고개를 돌렸다. 일주문 너머에는 아직 마기가 요동치고 있다.

　　일단은 물러났지만, 저들은 곧 밀려올 터였다.

　　검백은 입을 굳게 다문 채, 저들의 일촉즉발 상황을 물끄러미 지켜보았다.

　　오늘의 일은 검백에게도 그리 무관치 않은 바이니.

　　―스승님께서 걱정하신 그날이 기어코 오고 말았구나.

　　그는 뒷짐 진 두 손을 굳게 움켜쥐었다.

〈다음 권에 계속〉

수라전설 독룡

시니어 신무협 장편소설

ORIENTAL FANTASY STORY & ADVENTURE

"하나도 남김없이 모두 죽일 것이다.
놈들을 전부 죽일 때까지 절대로 끝내지 않아."

유구한 역사를 자랑하는 약문(藥門)들의 잇따른 멸문지화.

시체가 산처럼 쌓이고 피가 바다처럼 흐르는
절망의 지옥에서 마침내 수라(修羅)가 눈을 뜬다!

dream
books
드림북스

하라간

쥬논 판타지 장편소설

핏빛 판타지의 연금술사, 쥬논.
그가 펼치는 공포와 선혈의 환상 세계!

『흡혈왕 바하문트』, 『샤피로』를 잇는 그 세 번째 이야기.
검푸른 마해(魔海)의 세계에 그대를 초대합니다.

dream
books
드림북스

무적군주 로이스

ORIGINAL FANTASY STORY & ADVENTURE

오렌 판타지 장편소설

만인의 작가 오렌이 선보이는
또 하나의 매력적인 환상의 세계!

'한계를 깨뜨리고 진정한 운명을 개척해?
미스토스의 계약을 하라고? 이게 다 무슨 소리야?'

아무것도 모른 채 마화(魔花) 루비아나의 손에 키워진
로이스에게 미스토스 군주라는 운명이 주어졌다.

무한의 세계에서 펼쳐지는
절대 무적의 군주 성장기가 시작된다!